Christian Hug

AF200101

Ich meinti

Die 40 nicht so besten besten Kolumnen
aus der Nidwaldner Zeitung

www.christian-hug.ch

Das Drama
der Multifunktion

L etzte Woche musste ich einkaufen gehen. Meine Freundin hat alles, was wir zum Leben brauchen, ganz genau aufgelistet: 2 Liter Milch (bio), 3 Rindsplätzli (bio), Milchkaffee-Pads (Max Havelaar), Geschirrspüler-Tabs.

4 Weil solche Listen einer Befehlsausgabe gleichkommen, trug ich im Detailhändler meiner Wahl sorgfältig die Wünsche meiner Liebsten zusammen: Biomilch und Biofleisch, Havelaar-Milchkaffee und … uups, auf der Liste stand nicht, welche Tabs ich nehmen sollte. Macht nichts, beruhigte ich mich, ich nehme dann einfach … tja … welche genau?

Es gab da von Sun «all-in-1» mit fünf Funktionen. Links davon stand von Coop «all-in-1» mit sechs Funktionen. Aber wenn beide alles Notwendige in einer Tablette enthalten, warum erfüllte dann das eine mehr Funktionen als das andere? Rechts vom Fünfer-All-in-1 stand ebenfalls von Sun das Paket «all-in-1» mit fünf Funktionen und «Extrapower». Vielleicht war Extrapower die fehlende sechste Funktion. Aber warum soll Power im Geschirrspüler eine Extrafunktion sein?

Mir wurde leicht schwindlig, als ich gleich drei verschiedene All-in-1-Tabs mit sage und schreibe sieben Funktionen entdeckte! Eine dieser Packungen war von Coop und stand gleich neben der Packung Coop-All-in-1 mit sechs Funktionen. Also zweimal dieselbe Marke mit zweimal Alles-in-einem, aber unterschiedlich vielen Funktionen? Und warum hatten die einen 7-Funktionen-Tabs einen Kalkbelagblocker, aber keinen Niedrigtemperaturaktivator, während die anderen Tabs mit einem Reinigungskraftverstärker auftrumpften? Und überhaupt: Sind angesichts von sieben Funktionen die «Sun Classic Tablets mit Hydrofilm» bloss eine lausige Alternative? Was genau sind Aktiv-Einweichstoffe? Und was ist der Unterschied zwischen «Somat 7» und «Somat 1 mit Soda-Effekt»?

Ich stand vor einer Wand von Tabs wie der Bergsteiger am Eiger. Plötzlich beneidete ich alle Menschen, die grad so grosse Lebensfragen beantworten müssen wie «Soll ich ihn verlassen?» oder «Soll ich kündigen?» Die habens gut: Sie müssen bloss ja oder nein sagen. Ich aber stand vor Millionen von Möglichkeiten, mein dreckiges Geschirr zu waschen. Und ich konnte keineswegs auf Hilfe hoffen: Wer auf der Welt kann sich denn ernsthaft zwischen «Calgonit Alles-in-1» und «Calgonit Max-in-1» entscheiden? Eben. Aber ich musste unbedingt Tabs nach Hause bringen, das stand schliesslich auf der Einkaufsliste.

Aber wie es im Leben manchmal geht: Ich entdeckte ganz zuunterst links, unscheinbar und ein bisschen versteckt, den Ausweg aus meiner Tragödie: Dort stand eine farblos schlichte Packung, auf der nicht mehr stand als «Tabs für Geschirrspüler».

— **Januar 2010** —
Letztere waren sogar Bio und mit dem WWF-Pandabär-Signet. Herrlich.

Auf zu neuen Horizonten

K ürzlich tat ich eine Reise. Davon möchte ich heut erzählen. Es war eine Reise auf einem Schiff mit Passagieren aus den verschiedensten Ländern dieser Welt. Deshalb sprach man quasi zwischen den Nationen in der Regel auf Englisch. Eine herrliche Gelegenheit also, meine einst unter Anflügen der Verzweiflung erbüffelten Kenntnisse dieser lustigen Sprache zu aktivieren und von Holländern, Spaniern und Amerikanern das Neuste aus Holland, Spanien und Amerika zu erfahren. (Aus Amerika gibts übrigens nichts Neues, die sind dort immer noch fanatisch religiös.) Trotzdem hockten wir Schweizer abends meist gemütlich zusammen und plauderten über Gott (beziehungsweise Amerikaner), die Welt und wie man darin herumkommt. Schweizern einen Schwank auf Schweizerdeutsch zu erzählen ist halt einfacher, als einem Belgier zu erklären, warum die Schweiz immer mehr zum SVP-Land verkommt.

Vor allem eine Passagierin brachte mich aber dazu, sehr viel Englisch zu sprechen, ganz einfach, weil ich sie mochte und mich öfters mit ihr unterhielt. Laura kommt aus Rom, ist in der Welt herumgekommen und besuchte im Dschungel Ruandas regelmässig freilebende Gorillas.

Eines Abends, Laura und ich sassen in der Schiffslounge bei einem Glas Wein und unterhielten uns angeregt, blickte sie rüber zu den Schweizern, die in unserer Nähe in der üblichen Runde plauderten, und sagte: «You Swiss always say ja aber.» – Ihr Schweizer sagt immer: ja, aber.

«Ja», antwortete ich, «aber das meinen wir nicht so negativ, wie es vielleicht klingt.» «Siehst du», antwortete Laura, «genau das meine ich.»

Das war mir ziemlich peinlich. Ich fühlte mich ertappt. Zuerst wollte ich mich rechtfertigen, aber ich musste eingestehen, dass Laura recht hatte. Am nächsten Abend, wieder in der Schweizer Runde, zählte ich im Stillen die «ja, aber», die in den Gesprächen ausgesprochen wurden – es waren so viele, dass ich schon bald mit Zählen nicht mehr mithalten konnte. Schliesslich beschränkte ich mich darauf, nur noch meine eigenen «ja, aber» zu zählen, und das waren immer noch weit mehr, als nötig gewesen wären.

Seit ich wieder zu Hause bin, achte ich mich darauf, nicht mehr dauernd «ja, aber» zu sagen. Es ist erstaunlich, wie man plötzlich auf die Argumente und Erzählungen des Gegenübers besser eingeht und daraus sogar richtige Gespräche entstehen. So gesehen könnte man ganz im Sinne von Matthias Claudius sagen: Wenn einer eine Reise tut, dann kann der andre was erzählen.

— **März 2010** —
Ich übe ja immer noch, mir das «ja, aber» abzugewöhnen,
aber das ist gar nicht so einfach.

Fertig luschtig!

Ist Ihnen auch schon aufgefallen, dass Serviertöchter und Kellner oft ganz grün im Gesicht sind? Manchmal sind sie ja nur bleich wie Mozzarella, und hin und wieder sieht man sie auch in Aschgrau. Jedenfalls machen sie meistens den Eindruck, als würden sie jeden Moment tot umfallen. Ich weiss, warum die so ungesund aussehen: Weil ich rauche. Ja – ich bekenne mich hiermit offiziell und ohne Schönrederei schuldig: Ich gehe in Restaurants und zünde mir Zigaretten an.

Meine Genuss-Sucht ist der Untergang des Personals. Und der von allen andern Gästen. Und der von den Hunden, die Gäste mit ins Restaurant nehmen. Alle Raucherinnen und Raucher werden meine Schwäche verstehen. Und meine Schuldgefühle allen Nichtrauchenden gegenüber.

Deshalb bin ich echt froh, wird mir ab kommendem 1. Mai geholfen: Raucher bleiben draussen. Endlich zwingt man mich, meine Niedertracht zu überwinden und ein guter Mensch zu werden. Viel mehr noch: Jetzt hilft mir der Staat auch noch, meinen Intelligenzquotienten zu steigern. Denn eine Studie an 20'000 israelischen Rekruten ergab, dass Raucher elf Intelligenzpunkte dümmer sind als Nichtraucher. Somit wird die Schweiz demnächst im weltweiten Pisa-Vergleich endlich in die oberen Ränge aufsteigen.

Und noch was: Jetzt, wo man dank einer anderen Studie an 140'000 Menschen weiss, dass Raucher bestimmte Mutationen ihrer Chromosomen Nummer 8 und 19 aufweisen, bin ich froh, dass der Bund auch Massnahmen gegen meinen genetischen Defekt ergreift. Das nenne ich eine ordentliche Fürsorge!

Trotzdem bleiben einige wichtige Fragen unbeantwortet. Wenn ich zum Beispiel in meinem privaten Auto rauche und einen öffentlich rumstehenden Autostopper mitnehme: Mache ich mich dann strafbar, wenn ich meine Zigarette nicht ausdrücke? Oder reicht es, wenn ich beim Rauchen die Fenster runterkurble? Beziehungsweise: Kann mich der Autostopper verklagen, wenn er sich dabei eine Erkältung holt? Und wenn ich jetzt draussen auf dem Trottoir rauchen muss: Wer bezahlt, wenn in zehn Jahren meine Lunge wegen der vielen Autoabgase kollabiert? Schliesslich werde ich ja jetzt gezwungen, mehr Abgase einzuatmen.

Da werde ich am besten mal bei der Lungenliga nachfragen. Bis diese eine Antwort parat hat, bleibe ich sicherheitshalber zu Hause. Dann muss niemand mehr wegen mir sterben. Und man weiss ja nie, was einem sonst noch für Gefahren drohen, wenn man aus der Wohnung geht. Und aus purer Nächstenliebe werde ich an meiner Türklingel ein gut sichtbares Warnschild für Besucher anbringen: «Spass beiseite: In dieser Wohnung haust ein Raucher! Betreten kann Ihr Zahnfleisch schädigen, unfruchtbar machen und tödlich sein.»

— April 2010 —

Leser-Reaktion per Mail: «Mit deinem Ich Meinti sprichst du mir aus meinem teerschwarzen und herzkranzgefässgeschädigten Raucherherzen!» Yeah!

Gurkensaft gegen Geruchs-Ermüdung

Letzten Dienstag habe ich mir ein Saftgerät gekauft. Sie wissen schon: So ein Küchenmonster. Wenn man oben eine Gurke reindrückt, kommt unten Gurkensaft raus, und bei einem Apfel kommt Most, und am Ende muss man das Teil immer ganz lang putzen.

10   Nicht, dass ich mich entschieden hätte, ein gesundes Leben zu führen. Ich dachte einfach, Gurkensaft sei was Lustiges, und ich hatte grad ein bisschen Geld übrig. Das heisst: Eigentlich staut sich das Geld regelrecht in meinem Portemonnaie, seit ich nicht mehr in Restaurants gehe, keine Konzerte mehr besuche und auch Theaterpremieren an mir vorübergehen lasse. Denn seit man nicht mehr rauchen darf im Ausgang, bleibe ich lieber zu Hause und lade Freunde ein.

Dann geniessen wir bis spät in die Nacht ausführlich fettiges Fleisch, alkoholische Getränke, cholesterinhaltige Desserts und eben Tubak und diskutieren darüber, dass es auf Dauer auch keine Lösung ist, nur noch Freiluftveranstaltungen zu besuchen.

Deshalb entschied ich mich letzten Freitag, wieder mal eine im besten Sinne des Wortes geschlossene Anstalt beziehungsweise Veranstaltung zu besuchen: eine Disco für über 40-jährige Nichtraucher. Das war eigentlich fast wie immer, nur dass jetzt eine Wolke von undefinierbarem Raumduft in der Luft lag, den die Veranstalter neuerdings über die Leute sprayen, weil die vom vielen Tanzen ja so stark riechen. Sogar die Musik war ganz okay: konform und nie lauter, als die Suva erlaubt.

Noch etwas entdeckte ich an diesem Abend: Dass tanzende Menschen viel mehr furzen als sitzende. Und dass Fürze beim Tanzen ganz offensichtlich wesentlich geruchsintensiver sind, als wenn man in den Bürosessel pupst. Ich weiss auch nicht, warum mir das vorher nie aufgefallen war. Aber jetzt schwebten die Beweise ganz klar in der Luft.

Ich musste deshalb schon bald nach draussen an die frische Luft. Das traf sich gut, weil vor der Tür alle Raucher versammelt waren und herzhaft diskutiert und gelacht wurde. Drinnen hat ja kaum jemand geredet. Doch nach zwei Zigaretten bekam ich Kopfschmerzen. Wahrscheinlich lag das an der Raumbeduftung. Das Bundesamt für Gesundheit sagt ja, dass diese künstlichen Duftsprays gesundheitsschädlich sind und Pickel auf der Haut verursachen.

Als ich früh am Abend wieder nach Hause kam, machte ich mir erstmal einen ordentlichen Gurkensaft. Es war ja erst Mitternacht. Und weil ich mich nach dieser Heimkur wieder ganz frisch und erstaunlich gesund fühlte, notierte ich mir spontan die Namen aller Freunde, die ich demnächst zu mir nach Hause einladen werde.

— Juni 2010 —

Tanzen bleibt trotzdem ein Grundbedürfnis. Vor allem ab 40.

Von Tanzbären

Letzte Woche war ich in der Stadt. Einkaufen. Das heisst: Ich begleitete meine Freundin, denn sie wollte sich wieder mal umsehen im Bereich des wohligen Wohnens, Sie wissen schon: marokkanische Sofakissen und originelle Kerzenständer und solche Dinge. Meine Liebste schlenderte also durch diesen Einrichtungsladen, ich hinterher, als ich eine Hinweistafel entdeckte, die zu den Toiletten führte. Das traf sich gut, denn ich musste dringend ein grosses Geschäft erledigen.

Das WC war hell, gross und sauber. Bloss die Musik war extrem laut. Es war die lauteste Musik, die ich je auf einer Toilette gehört hatte, fast so laut wie in der Disco. Damit hätte ich ja noch leben können. Aber als ich endlich auf den Thron sass und mich gerade entspannen wollte, erklang das Lied «Dancing Queen» von Abba. «Dancing Queen»! Ausgerechnet! Ich könnte mir tausend andere Lieder vorstellen, die für das, was ich gerade vorhatte, geeignet wären, «Down the Hole» von Tom Waits zum Beispiel oder «See you in Hell» von Slayer. Aber «Dancing Queen»? Das funktioniert nicht. Man kann nicht auf der Toilettenschüssel sitzen und eine Tanzkönigin sein. Unmöglich.

Ich konnte nicht anders: Ich musste warten, bis dieser Abba-Song fertig war, bevor ich endlich mein Geschäft verrichten konnte. Inzwischen hatte ich wegen der hohen Lautstärke ein leichtes Säuseln im Ohr.

Doch bevor ich dieser Toilettendisco entfliehen konnte, wollte ich erst meine Hände waschen. Neben dem Seifenspender war eine Tafel angebracht, die in fünf Bildern zeigte, wie man Hände wäscht: nass machen – Seife drauf – 20 Sekunden einseifen – abspülen – abtrocknen. Als ob ich nicht wüsste, wie ich meine Hände sauber kriege. Die Tafel wurde wohl angebracht in jener Zeit, als alle von dieser Seuche redeten und überall Hygieneschilder aufgehängt wurden: «Nicht niesen», «nicht berühren», «Hände waschen» und so weiter. Die Seuche kam nie. Die Panikmache von damals entpuppte sich als laue Luft.

Die Panik aber ist geblieben: Ich ertappte mich dabei, wie ich beim Hände-Einseifen schön brav die Sekunden zählte. Bei 9 war mir selber peinlich, wie gedankenlos ich diesem Schild gehorchte. Bei 10 merkte ich, dass ich nicht mal mehr wusste, um welche Seuche es sich damals gehandelt hatte. Bei 11 hörte ich auf zu zählen. In Anlehnung an das eben gehörte Lied «Dancing Queen» kam ich mir vor wie ein Tanzbär. Wobei mir inzwischen nicht mehr ganz klar war, wer da wem auf der Nase herumtanzt.

Zurück im Laden kam mir strahlend meine Freundin entgegen. Sie hatte eine WC-Bürste im lustigen Blaue-Ente-Design gefunden.

— Juli 2010 —

«Da es sehr förderlich für die Gesundheit ist, habe ich beschlossen, glücklich zu sein.» (Voltaire)

Wie Pferde
Feinde erkennen

Kennen Sie übrigens den Witz mit dem Pferd, das in eine Bar kommt? Mit Pferden verhält es sich ja folgendermassen: Wenn in der rechten Hälfte ihres Gesichtsfeldes ein grosser Stein liegt, muss das Pferd zuerst mal abklären, ob das gesehene Objekt feindlich ist. Hat es das fremde Dings als Freund erkannt, ist soweit alles in Ordnung. Das Grasen geht weiter, und die Mustangs ziehen wieder über die endlosen Weiden der Prärie – oder der Tundra, falls es sich um Przewalski-Pferde handelt.

Dreht sich das Pferd aber nach ein paar Metern um, und besagter Stein kommt nun in den linken Teil des Blickfeldes zu liegen, geht dasselbe Prozedere von vorne los, ich nenne es das Przewalski- Prozedere: Es muss erneut klären, ob der Stein Freund oder Feind ist. Wobei sich Biologen und «Cavallo»-Leserinnen nicht einig sind, ob das Pferd den Stein zweimal als denselben erkennt und bloss die linke und die rechte Gehirn-hälfte richtig organisieren muss, oder ob es denselben Stein für zwei verschiedene Objekte hält. Auf alle Fälle hilft dieser Umstand den Pferde-flüsterern auf dieser Welt, mit ihren Lieblingen auf der richtigen Ebene zu kommunizieren.

Was aber fangen wir anderen, die wir keine Freizeitreiter sind und eher Wellensittiche und Chamäleons mögen, mit dieser Offenbarung an?

Ich habe Feldforschungen angestellt. Ich ging nach draussen und beob-achtete die Fenster meiner Nachbarn zu meiner Linken und zu meiner Rechten genauestens. Dann machte ich ein paar Schritte vorwärts bis über die Strasse, drehte mich um die eigene Achse und inspizierte die seitenverkehrte Szenerie von neuem. Und tatsächlich: In der rechten

14

Hälfte meines Blickfeldes erkannte ich einen Döner-Kebap-Stand, und schlagartig wurde mir klar, woher der ölig-schwere Gestank herkam, der mir vorher von der linken Seite herkommend in die Nase stach.

Zuallererst beweist diese Erkenntnis, dass zumindest der Mensch fähig ist, die Eindrücke der rechten und linken Seite des Blickfeldes im Kopf zu kombinieren. Das stimmt mich zuversichtlich der menschlichen Art gegenüber, weil diese Kombinationsfähigkeit zum Beispiel auch dazu genutzt werden kann, politische Parteien zu betrachten: Rechts und links beobachten, dann quasi ab durch die Mitte, 180 Grad drehen und rechts und links erneut in Augenschein nehmen. Eine SVP zum Beispiel erhält dann plötzlich einen linken Touch. Und die SP steht unversehens für rechte Werte ein. Ein heilsames Przewalski- Prozedere für Politiker und politische Beobachter.

Aber all das hilft natürlich unseren Pferden kein bisschen weiter. Sie sind quasi die Verlierer dieser Geschichte. Vielleicht ist der Witz mit dem Pferd, das in eine Bar kommt, deshalb so lustig; denn an der Theke angekommen, fragt der Barkeeper den Unpaarhufer: «Hey, warum so ein langes Gesicht?»

— **September 2010** —

Einige Zeit nach dieser Kolumne wechselte der Besitzer des Dönerladens. Seither stinkts nicht mehr. Und die Döner sind auch lecker. Geht ja.

Zeichen sehen

F ür mich haben Verkehrsschilder etwas Beruhigendes: Sie sind ein klares Zeichen. Da steht zum Beispiel ein rundes Schild mit rotem Rand und einer 8 und einer 0 drin, und ich weiss genau, dass ich eine Busse kriege, wenn ich schneller als 80 fahre. So einfach ist das.

16 Mit anderen Zeichen ist das sehr viel komplizierter. Zum Beispiel wenn seit Tagen mein Fuss schmerzt: Was will mir das sagen? Steckt da überhaupt eine Botschaft dahinter? Oder steckt bloss eine Spriesse in der Fusssohle?

Ganz schlimm wird es allerdings, wenn ich lediglich das Gefühl habe, ein Zeichen zu sehen. Das klingt vielleicht kurlig, passiert mir aber manchmal. Einen Fünfräppler, den ich einmal fand, trug ich einen Monat lang mit mir rum, ohne zu verstehen wieso. Aber die Zwanzigernote, die ich vor einigen Tagen auf dem Trottoir gefunden habe, habe ich am selben Abend ohne Zögern wieder ausgegeben (immerhin für ein schönes Buch in der Buchhandlung meines Vertrauens). Warum? Keine Ahnung.

Vorgestern war ich auf dem Weg zur Tiefgarage, als ich eine Frau sah, die mit grosser Hingabe einen Briefkasten putzte. Das faszinierte mich ein bisschen, weil ich in meinem ganzen Leben noch nie auf die Idee gekommen bin, einfach so meinen Briefkasten zu reinigen (dass mir das aber ja niemand meinem Vermieter petzt).

Allein die putzende Frau hatte noch keinerlei tiefergehende Bedeutung für mich. Aber als ich die Tiefgarage betrat, klebte ein Zettel an der Tür, auf dem stand: «Der Hauswart ist in den Ferien.» Und plötzlich stand ich vor einem riesigen Rätsel: putzende Frau – Abwart – Ferien. Wollte mir diese Kombination etwas sagen? Irgendwie hatte ich diesen Eindruck. War da eine Botschaft versteckt? Wurde ich von unsichtbarer Hand durch einen Zeichen-Pfad geführt? Und warum in der Tiefgarage?

Natürlich haben Sie recht, wenn Sie jetzt sagen: Es gibt weitaus wichtigere Dinge, über die man sich den Kopf zerbrechen sollte. Den Welthunger zum Beispiel oder den Bildungsstand der neuen Miss Schweiz. Aber mich liess dieser Gedanke nicht mehr los. Putzende Frau anwesend – Abwart abwesend – Tiefgarage. Ferien? Briefkasten? Zettel? Irgendeine Botschaft lag in der Luft, und ich konnte sie nicht erkennen. Ich wurde ganz hibbelig.

Zwei Tage später meldete ich mich bei meiner Dentalhygienikerin für eine Zahnreinigung an. Ich weiss, das macht überhaupt keinen Sinn, auch wenn sie die schönsten Zähne weit und breit macht. Aber wenn ich jetzt über mein sonderbares Rätsel schmunzle, tu ich das wenigstens mit einem strahlend weissen Lächeln. Die Antwort habe ich übrigens immer noch nicht herausgefunden.

— **Oktober 2010** —

«Blick» meldet am 21. Oktober 2019, dass sich Lady Gaga und Dan Horton getrennt haben: «Das Paar, das seine Beziehung nur wenige Monate geniessen konnte, wirkte nach aussen hin glücklich.» Als ob einem eine Trennung einfach so widerfährt.

Was wir alles müssten

E igentlich war ich bisher der aufrichtigen Ansicht, dass mein Leben wunderbar ist: Ich wohne in der tollsten Ecke des schönsten Landes dieser Erde, habe drei grossartige Kinder, eine fantastische Partnerin, einen schönen Beruf, vier Wellensittiche und nur selten Ärger mit dem Steueramt. Und ich kann mir jedes Buch kaufen, das ich will. Aber als ich letzthin die Buchhandlung meines Vertrauens betrat, geriet meine Welt ins Schwanken: In der Auslage stand ein dicker Schunken mit dem Titel «Du musst dein Leben ändern». Aha, dachte ich. Schön blöd. War ja so angenehm bisher. Aber die Aufforderung von Buchautor Peter Sloterdijk liess mich nicht mehr los. Was also muss ich denn ändern?

Wieder zu Hause und in Gedanken ganz in die Änderungs-Notwendigkeit vertieft, brauchte ich erstmal einen Kaffee und eine Zigarette (bei uns darf rauchen, wer will). Dazu blätterte ich ein bisschen in Zeitungen und Magazinen. «Wir müssen etwas Irrsinniges schaffen», sagte in einem Artikel Lungern-Schönbühl-Chef Paul Niederberger. Mathias Binswanger, Professor für Volkswirtschaft, mahnte hingegen ein paar Seiten weiter: «Man muss einen Mittelweg finden.» Ja was denn nun? Und warum soll ich müssen? Abt Martin Werlen drängte: «Wir müssen handeln.» Ja, aber wie denn? Irrsinn- oder Mittelweg-Handlung?

Dr. Samuel Stutz, Fachberater für übermässige Medikamenteneinnahme und überflüssige Präventivuntersuchungen, half mir einmal mehr auch nicht weiter: «Frauen: Der Druck muss weg.» Was immer er damit meinte: Ich fühlte mich nicht angesprochen. Was aber sicherlich damit zu tun hat, dass ich ein Mann bin. Eine Frau meldete sich in einem anderen Magazin: «Wir müssen die Monogamie neu erfinden», schrieb die Paartherapeutin Esther Perel. Ob Dr. Samuel Stutz mit dem Druck, der weg muss, auch die Monogamie meinte?

18

Die Müsserei wurde immer komplizierter. «Wir müssen auf die derzeitigen Herausforderungen reagieren», sagte in wiederum einer anderen Zeitung alt Bundesrat Kaspar Villiger, Sie wissen schon, der Mann, der jetzt die UBS schönredet. Aber ist die Monogamie eine Herausforderung? Oder das Irrsinnige von Paul Niederberger? Mir schwindelte. Hannes Marty vom Alterswohnheim in Buochs gab mir den Rest: «Wir müssen mit der Zeit gehen», las ich. Genau: Es war schon spät. Ich ging nach draussen und genoss bei einem kleinen Spaziergang den anbrechenden Abend und die kühle Luft. Zurück in meiner Raucherküche, kochte ich zum Nachtessen eine Buchstabensuppe. Darin enthalten waren alle Buchstaben für den Satz: Das Einzige, was ich muss, ist sterben und Konsequenzen tragen, den Rest entscheide ich selber.

Die Suppe schmeckte köstlich.

— **November 2010** —

Immer wieder bemerkenswert, dass viele Leute in Entscheidfindungsprozessen vergessen, dass sogar ein Nicht-Entscheid Konsequenzen nach sich zieht.

Belebte Innensicht

Im Eingang eines Gebäudes, das ich hin und wieder betrete, hängt ein Schild, auf dem steht: «In diesem Haus fliesst belebtes Wasser». Weil es so unübersehbar platziert ist, muss ich den Satz jedes Mal von neuem lesen, und immer wieder weiss ich nicht genau, was mir diese Nachricht bedeuten soll. Hat das Haus hartnäckig feuchte Wände? Sollte ich sicherheitshalber Gummistiefel anziehen? Manchmal stelle ich mir vor, dass im Keller ein riesiger Wassertank lagert mit vielen quicklebendigen Goldfischen drin, und wenn ich mir im vierten Stock die Hände wasche, dann fliesst eben Wasser, in dem etwas lebt. Sicherheitshalber halte ich mir dann immer meine Hände an die Nase und prüfe, ob sie nach Fisch riechen, und hoffe, dass jemand die vielen Fische im Keller regelmässig füttert.

Letzthin hat mir jemand erzählt, belebtes H2O bedeute, dass man das Wasser mit Hilfe von Symbolen und Sprüchen energetisch auflade, damit sich diese Energie positiv auswirke auf denjenigen, der es trinkt. So in etwa. Aber hey: Ist das nicht ziemlich esoterisch? Also ich weiss nicht …

Esoterik ist ja ein ziemlich schwieriges Thema, nicht nur in Hauseingängen. Wenn man zum Beispiel in einem ernsthaften Gespräch seinem Gegenüber sagt: «Heb e chli Gottvertruiä», dann geht das zwar in Ordnung. Schliesslich weiss ein jeder, wo Gott hockt. Aber wenn man stattdessen empfiehlt: «Lass dich einfach führen, das chund scho guet», dann schaut einem das Gegenüber meist ungläubig an und erwidert: «Bisch dui e Esoteriker?» Und schlagartig wird das Gespräch harzig.

Wo doch Esoterik nichts anderes bedeutet als die «Sicht nach innen».
Also nicht zu den Sternen, nicht in die Tarotkarten und nicht auf den
Feng-Shui-Frosch hinter der Wohnungstür. Sondern einfach in sich
hinein. Aber das ist sehr viel schwieriger, als es vielleicht tönt.

Das habe ich buchstäblich am eigenen Leib erfahren: Ein Freund von
mir, bekennender Esoteriker und ein lustiger Kerl, stellte mir vor Jahren
folgende Denkaufgabe: Stell dir vor, jemand berührt dich. Aber du
spürst nicht denjenigen, der dich berührt, sondern du spürst dich, wie
du berührt wirst.

Das klang so simpel. Beschäftigt mich aber bis heute. Und je länger ich
darüber nachdenke und bei Berührungen in mich hineinsehe, umso
mehr verändert sich meine eigene Wahrnehmung. Das ist schwierig zu
erklären. Aber etwas hat sich seither verändert. Und wahrscheinlich
bin ich allein schon deshalb auch ein Esoteriker.

So gesehen werde ich das eingangs erwähnte Schild im Hauseingang
das nächste Mal unter esoterischen Gesichtspunkten lesen. Auch wenn
das bedeutet, dass ich vielleicht die Goldfische im Wassertank streicheln
muss.

— Januar 2011 —

Eine österreichische Firma exportiert belebtes Wasser nach Taiwan.
Wird das Wasser bei Vollmond abgefüllt, kostet es das Dreifache.
In der Schweiz ist es seit 1999 verboten, mit einer therapeutischen Wirkung
des Wassers zu werben. (Wikipedia)

Wie sich mein Doktor irrte

Letzthin war ich beim Doktor. Dieser blöde Husten wollte einfach nicht weggehen. Ich befürchtete schon, ich hätte eine Schweinegrippe oder Vogelgrippe aufgelesen, eine Spanische Grippe oder sonst eine Pandemie. Aber zum Glück beruhigte mich der Arzt meines Vertrauens. Es sei bloss ein blöder Husten, sagte er, das werde sich in ein paar Tagen von selbst erledigen. Trotzdem mass er sicherheitshalber meinen Puls, begutachtete meinen Rachen und checkte meine Temperatur, und während er den Blutdruckmesser aufpumpte, sagte er beiläufig: «Und Übergwicht hesch au.»

Also wenn er gesagt hätte «du hast da eine kleine Schwellung am Bauch» oder etwas wie «vielleicht hast du da ein paar klitzekleine Gramm zuviel Muskeln auf den Beckenknochen», dann hätte ich ja gut damit leben können. Weil ich ihm dann vielleicht sogar recht gegeben hätte, dass mein Body-Mass- Index tatsächlich ganz knapp ennet der Grenze des Idealgewichts liegt. Aber so? «Und Übergwicht hesch au»? Das musste eine Verwechslung sein. Vielleicht erwartete mein Doktor einen dicken Wintergrippe-Patienten und war der irrigen Meinung, ich sei das. Oder vielleicht hat mein Doktor optische Wahrnehmungsprobleme. Ist ja auch nicht mehr der Jüngste. Auf alle Fälle weiss ich genau, dass mein «Übergwicht» eine krasse Fehldiagnose war. Ein Ärztefehler sozusagen. «Iss weniger Schokolade und weniger Fleisch», riet er mir.

Wo doch Wissenschaftler längst bewiesen haben, dass Schokolade gesund ist, weil sie Tryptophan enthält, das die Ausschüttung von Serotonin anregt, was wiederum zu Glücksgefühlen führt. Deshalb kann man nicht genug Schokolade in allen Variationen essen, man hat ja sonst kaum was zu lachen. Und ein möglichst breites Wurschtredli sollte man sich meiner Meinung nach schon zum Frühstück gönnen, weil das Frühstück ist ja die wichtigste Mahlzeit des Tages – nebst Zmittag und Znacht und dem Znüni und dem Zvieri.

Trotzdem stehe ich jetzt natürlich jeden Abend beim Pyjama-Anziehen vor dem Spiegel und frage mich, was mein Arzt mit «Übergwicht» bloss gemeint haben könnte. Sollte ich meine Ohrringe ablegen? Sind Brusthaare eigentlich schwer? Oder meinte mein Doktor vielleicht die leichte Wölbung zwischen Brust und Gürtellinie ...

Manchmal, wenn ich wahrscheinlich ernst oder gar besorgt in den Spiegel gucke, kommt meine Freundin ins Bad, knubbelt mir in den Bauch, drückt mich an ihr grosses Herz und flüstert mir dann schöne Wörter wie «Kuschelbär» ins Ohr. Es gibt Dinge an ihr, für die ich sie unendlich liebe.

— **Februar 2011** —

Ist Ihnen auch schon aufgefallen, dass die Personenwaage in Ihrem Fitness-Center immer zwei Kilo mehr anzeigt als die Waage bei Ihrem Arzt? Fitnesstrainer dementieren natürlich heftig.

Udo unter Strom

Wenn demnächst die Sommersaison anfängt und kurze Hosen wieder angesagt sind, so fürchte ich mich nicht davor. Denn meine Waden sind gut durchtrainiert und können sich also sehen lassen. Das kommt daher, weil ich dauernd Kontrollgänge durch die Wohnung unternehme. Bevor ich «10vor10» schaue, checke ich in allen Räumen, ob das Licht gelöscht ist. Bevor ich schlafen gehe, kontrolliere ich bei allen elektrischen Geräten, ob der Stecker gezogen ist. Im Winter überwache ich ständig sämtliche Radiatoren. Und wegen der Stosslüftung in der kalten Jahreszeit muss ich stündlich fünf Minuten lang in der Wohnung herumrennen. Mit anderen Worten: Energiesparen macht sexy Wädli.

Viele meiner Kollegen und sogar einige Freunde sind der Ansicht, der Zusammenhang von Stromsparen und knackigen Waden sei wieder mal eine meiner fantastischen Theorien. Und lachen mich aus dafür. Manche meinen sogar, sie gingen lieber joggen als auf Energiespar-Kontrollgang, weil Strom käme ja sowieso 24 Stunden am Tag aus der Steckdose, und zwar so viel man wolle.

So hat es jedenfalls bis vor kurzem getönt. Aber seit in Japan Atom-kraftwerke explodieren und man sich hierzulande Sorgen macht wegen strahlender Sushi, ist vielen das Lachen im Hals stecken geblieben. Jetzt wollen sie plötzlich alle AKWs abschalten und wählen Grün statt irgendwas.

Am lautesten reklamiert der Sänger Udo Jürgens, ein Mann, der mehr Botox im Gesicht hat als ich Stahl in meinen Waden: Jahrzehntelang hat er Atomstrom befürwortet, und jetzt will er plötzlich Strom rationieren. Das sagt er jedenfalls in der «Schweizer Illustrierten» und gibt sich dabei auch noch als zorniger Zeitgenosse.

Aber wie geht denn das, habe ich mich gefragt. Angenommen, der Strom würde für alle um, sagen wir mal, fünfzehn Prozent gekürzt: Herr Jürgens würde dann als Einzelperson mit seinen grossen Appartements in Zürich und Zumikon und seinem noch grösseren, beswimmingpoolten Ferienhaus in Portugal immer noch ein Mehrfaches an Strom verbrauchen als sämtliche vier Wohnparteien im Haus, in dem ich wohne, zusammen. Und so einer will jetzt plötzlich zornig sein?

Vielleicht ist dieser Widerspruch der Grund, warum Udo Jürgens' Aufruf zum Stromsparen bisher rein gar nichts gefruchtet hat. Jedenfalls soweit ich das beurteilen kann. Denn im Dorf, wo ich wohne, sind nach wie vor sämtliche Läden die ganze Nacht lang voll beleuchtet; der Bahnhof ist nachts heller als das Allmendstadion während eines Matches; und der Autoverkehr ist nicht das kleinste bisschen weniger geworden. Ich habe sogar munkeln gehört, dass hier demnächst ein Sushi-Restaurant eröffnen soll...

— April 2011 —

Greta Thunbergs Zorn hat immerhin weltweit etwas bewirkt.
Die Gletscher-Initiative fordert, dass die Schweiz bis 2050 frei
von fossilen Brennstoffen sein soll. Hab ich auch unterschrieben.
Obwohl wir dieses Ziel niemals erreichen werden.

Abenteuer mit Briefen

Wenn ich zur Post gehe, bin ich immer froh, dass man beim Eingang einen Zettel ziehen muss, ich glaube, man sagt dem Bediennummer. Denn meistens stehen da schon ein paar Leute in der Warteschlange, und manchmal kenne ich jemanden, mit dem ich einen kleinen Schwatz halten kann. Einmal, früh am Morgen, zog ich sogar den Zettel mit der Nummer 007. Da fühlte ich mich natürlich gleich wie Geheimagent James Hug, der einen wichtigen Mikrofilm zum MI6 schicken muss, und die Dame am Schalter sah plötzlich aus wie Miss Moneypenny.

Aber eigentlich fühle ich mich in der Post jedes Mal ein bisschen wie James Bond. Denn wenn meine Bediennummer auf dem Display aufleuchtet, beginnt immer eine ungemein anspruchsvolle Detektivarbeit. Da versperren ja so viele Verkaufsregale den Weg! Videos (Aktion!), Bücher (Welthit!), Taucherbrillen (Jetzt tauchen!), Regenschirme (Gegen Hagelschlag!) und lauter Zeugs, das weder mit Briefen noch mit Paketen zu tun hat. Ein riesiger Hindernislauf. Und bei jedem Besuch mit neuen Angeboten.

Meistens muss ich mich durchfragen: «Wissen Sie, wie ich hier zu Schalter D komme?» «Ja: Gehen Sie links bei den Taschenmessern vorbei bis zu den Kugellagern, dann noch einmal links. Nicht bei den Kaugummis kleben bleiben. Und bleiben Sie in Deckung.» Etwas abgekämpft, aber siegreich wie James Bond finde ich schliesslich den richtigen Schalter.

Die Anstrengung ist sofort vergessen, wenn die Dame hinter dem Schalter lächelt und «Grüezi Herr Hug» sagt. Ich mag die Postfrauen. Sie sind immer freundlich und aufmerksam, sie wissen auf jede meiner Fragen eine Antwort und sie helfen mir gerne, schwierige Formulare auszufüllen. Wenn ich James Bond wäre und sie Miss Moneypenny, dann würden wir jetzt … aber das geht ja nicht wegen der dicken Scheiben zwischen uns.

Und immer, bevor wir uns verabschieden, werde ich gefragt, ob ich denn schon eine Autobahnvignette, ein Benissimo-Los, genügend Katzenfutter und die richtige Versicherung habe. Habe ich. Aber das macht nichts: Sie fragen trotzdem. Das nenne ich fürsorglich.

Beim Herausgehen wechselt die Szenerie: Ein schmaler Pfad zwischen den Schaltern und den Regalen führt direkt ins Freie. Auf unerklärliche Weise wechselt damit auch meine Stimmung von James Bond zu Lucky Luke, bloss dass ich nicht auf einem Pferd sitze, sondern zu Fuss unterwegs bin: Wie am Ende von Luckys Abenteuern gehe ich der Sonne entgegen und summe leise «I'm a poor lonesome Cowboy». Draussen angekommen, drehe ich mir erst mal eine Zigarette. Einhändig, versteht sich.

— Mai 2011 —

Die netten Damen von der Post waren von dieser Kolumne einhellig angetan.
Wir sind jetzt offiziell Fans voneinander.

Die Stimme
des Volkes

Letzthin war ich bei einer abendlichen Tischrunde zu Gast. Es war ein schöner Abend unter Freunden, wir assen, tranken und plauderten, und irgendwann wurde die Situation ernst: Wir kamen auf den Zustand der heutigen Gesellschaft zu sprechen. Wir diskutierten über den allgemeinen Zerfall von Werten wie Anstand, Respekt und Aufmerksamkeit, analysierten Unmengen von Fallbeispielen und kamen einhellig zum Schluss: Die Leute sind dumm geworden, die Welt ist ja sowas von am Arsch. Selbstverständlich waren wir alle am Tisch von diesem Urteil ausgenommen. Schliesslich waren wir es, die das herausgefunden hatten.

Am nächsten Morgen fühlten sich meine Haare ziemlich schwer an, und ich war ausgeraucht. Ich ging deshalb zum Kiosk, um mir Zigaretten zu kaufen. Dort wartete ich, bis die Reihe an mir war, und guckte mich derweil ein bisschen in den Regalen um: Da gab es so viele Ratgeber-Heftli mit Schlagzeilen wie «Ja, ich kann auch», «Nein sagen macht stark» und «Mit Venus zu neuem Bewusstsein». Warum kauft die denn niemand, dachte ich im Stillen, das wäre doch wenigstens ein Anfang …

Ganz in Gedanken versunken, wie die Menschen auf dieser Welt ein bisschen besser werden könnten, zog der Mann vor mir meine Aufmerksamkeit auf sich: Er kannte die Frau am Kiosk offensichtlich, denn er hatte einen lockeren, vertrauten Plauderton angeschlagen. «Die Leute sind ja so unglaublich dumm geworden», sagte er allen Ernstes, «die Welt ist ja sowas von am Arsch.»

Aber hallo?! In mir regte sich sofort Widerstand: Erstens habe ich das gestern herausgefunden! Und zweitens: Wenn er von den Leuten spricht, dann meint er damit auch mich. Aber ich bin ja eben nicht so! Und wissen Sie, was die Kioskfrau ihm zur Antwort gab? «Ja, die Leute sind dumm geworden.»

Schon wieder! Die meinte mich! Und ihn natürlich nicht.

Ich war ziemlich konfus. Wer ist denn nun dumm hier? Ich musste sofort und dringend eine Antwort auf diese Frage finden. Deshalb setzte ich mich in ein Restaurant, bestellte einen starken Kaffee mit viel Milch und dachte nach. Das heisst: Ich wollte nachdenken. Aber dazu kam ich nicht. Denn am Tisch neben mir unterhielten sich zwei Frauen, und wissen Sie, was die eine zur anderen sagte? Genau! Ausser dass sie «dumm» mit «blöde» ersetzte. Sie meinte auch, dass sie sich nie im Leben eines von diesen einfältigen Ratgeber-Heftli kaufen würde.

Ganz offensichtlich hielt hier jeder jeden für dumm. Das machte die Lage ziemlich kompliziert. Aber es musste einen Grund dafür geben. Nur: Diesen habe ich bis heute nicht herausgefunden. Ich vermute, es könnte etwas mit Anstand, Respekt und Aufmerksamkeit zu tun haben. Aber ganz sicher bin ich mir nicht …

— Juli 2011 —

Ganz viele Menschen schreiben ganz viele Shitstorm-Beschimpfungen ins Netz. Mich treibt die Frage um, ob das auch Leute aus meinem Bekanntenkreis sind, mit denen man ganz vernünftig reden kann, und wenn sie dann zu Hause sind, schreiben sie Beschimpfungen ins Internet.

Von der schönen kleinen Welt

K ürzlich war ich auf einer Reise, auf hoher See im kalten Norden. Das gefällt mir, weil Meer und Eis so gar nichts mit meiner Welt voller Berge und Bäume zu tun haben. Weil solche Reisen meine kleine heile Welt mit gepflegten Gärten, festen Freunden und mindestens drei Mahlzeiten täglich gehörig durcheinanderbringen. Auf Reisen kann ich vergleichen und mein Leben überdenken. Man liest ja in Lebenshilfe-Zeitschriften immer, dass man genau das hin und wieder tun sollte.

Aber man braucht gar nicht weit zu reisen, um die Vorstellung unseres geregelten Lebens durcheinanderzubringen. Zum Beispiel habe ich vor Jahren ein Interview gelesen, in dem ein Forscher Folgendes zum Besten gab: Wenn im Wald ein Baum umstürzt und kein Mensch ist in der Nähe, dann macht der knickende Baum keine Geräusche. Weil ja eben niemand da ist, der das Krachen hört. Können Sie sich das vorstellen? Also ich nicht. Seither sehe ich vor meinem geistigen Auge, wie am Stanserhorn ein Baum umfällt und dabei keinen Mucks macht. Und obwohl ich weiss, dass das Knicken mit dem dazu gehörenden Knacken nur in meiner Vorstellung passiert, macht es mich halb wahnsinnig, dass in der Realität der Baum umfällt, ohne Geräusche zu machen. Sie finden das kompliziert? Ich auch!

Es kommt noch schlimmer: Forscher haben einen Wurm entdeckt, der 3000 Meter unter der Erdoberfläche lebt. Echt! Drei Kilometer! Und das Tier hat sogar einen Namen: Halicephalobus mephisto. Aber was sucht ein Tier so tief in der Erde? Im Wasser könnte es wenigstens rumschwimmen, jagen, sich paaren und so weiter. Aber 3000 Meter tief im Erdreich? Was tut der Wurm, wenn er am Morgen aufwacht und … halt! Das ist bereits ein Denkfehler: Der weiss ja gar nie, wann der Morgen anbricht. Ist ja immer stockdunkel dort unten. Und von Erdanziehung hat der wohl auch überhaupt keine Ahnung. Begriffe wie oben und unten sind dem wahrscheinlich piepegal. Was frisst der Halicedingsbums mephisto? Wie findet er Gspänli? Hört er Geräusche? Und vor allem: Was tut er dort unten die ganze Zeit? Also mir wäre stinklangweilig. Und eng.

Aber das ist genau mein Problem: Es muss irgendeinen Grund geben, warum ein Wurm 3000 m tief in der Erde lebt. Und der hat mit Bestimmtheit absolut nichts mit meinem Leben hier auf Erden zu tun. Das bringt mich total durcheinander, weil ich ja möchte, dass alles mit allem verbunden ist und irgendwie Sinn macht. Alles ist eins, sagt man. Aber ich scheitere schon an einem umstürzenden Baum, der keine Geräusche macht. Und dann erst dieser Wurm! Vielleicht trägt Letzterer deshalb den Zusatznamen mephisto: Weil es so teuflisch schwierig ist, aus allem ein grosses Ganzes zu machen.

— **August 2011** —

Agatha meint, hier könne ich folgende Bemerkung schreiben:
«Wenn ein Mann im Wald spricht und es keine Frau gibt, die ihm zuhört,
irrt er sich dann immer noch?!! = angewandte Philosophie, ha ha ...»

Über die
wichtigen Fragen

Bis jetzt hat sich all das Leiden der Männer in den Fitnesszentren und Krafträumen nicht ausbezahlt. Denn wenn Frauen einem attraktiven Mann begegnen, schauen sie ihm nicht auf seine Muskeln, sondern zuerst auf die Hände, dann auf die Füsse und schliesslich ins Gesicht. Das hat jedenfalls eine Umfrage von gescheiten Forschern ergeben, und ich habe das bisher immer geglaubt. Vielleicht (das ist jetzt aber meine Vermutung) ist das der Partner-Options-Check: Trägt er einen Ehering (ja? – schade), trägt er ordentliche Wildlederschuhe (nein? – Turnschuhträger kommen nicht in Frage) und lächelt er (ja? – wenigstens hat er Humor).

Jetzt haben aber andere gescheite Forscher in neuen Umfragen herausgefunden, dass die Frauen bei den Männern als Erstes doch auf den Bizeps gucken. Das könnte einerseits bedeuten, dass sich Frauen heimlich fragen, ob ihr Gegenüber gross und stark ist und sie beschützen kann. Anderseits sollte ich vielleicht endlich damit anfangen, Hanteln zu stemmen.

Aber mit diesen Umfragen ist es ja ein bisschen wie mit den Politikern: Die einen sagen das, die anderen etwas ganz anderes, und am Ende weiss man nie genau, was man nun glauben soll. Und was für komisches Zeugs in diesen Umfragen jeweils umgefragt wird! Zum Beispiel: Fühlen Sie sich tagsüber durch den Lärm von Kirchenglocken gestört? Eine andere Umfrage wollte wissen: Können Sie sich vorstellen, jeden zweiten Tag Schokolade zu essen und dafür auf Sex zu verzichten? Was für eine Frage … 40 Prozent aller Frauen haben übrigens mit Ja geantwortet. Aber warum wurden hierzu nur Frauen befragt? Und überhaupt: Warum fragt niemand mich?

Wo ich doch so viel zu sagen hätte. Also wenn man mich fragen würde, dann hätte ich zum Beispiel endlich eine Meinung zum Endlager im Wellenberg. Ich hätte eine glasklare Haltung zum Flugplatz Buochs/ Ennetbürgen. Ich wüsste, wen ich in welches Amt wählen würde. Aber eben. Mich fragt ja niemand.

Das Einzige, was ich je gefragt wurde, war: Kennen Sie Scientology? (Ja – aber nein danke.) Und: Möchten Sie gerne unseren Tiefkühlpizza-Hauslieferservice abonnieren? (Nein – aber danke einewäg.)

So friste ich also ungefragt und deshalb unbedeutend mein Leben. Aber ich weiss, was ich tun werde: Ich werde meine Finger in Palmolive baden und mir ein schönes Paar Wildleder-Sonntagsschuhe kaufen für den Fall, dass Frauen bei der ersten Begegnung auf Hände und Füsse schauen. Und ich habe mir gestern zwei Hanteln gekauft für den anderen Fall – dass einem die Frauen zuerst auf die Muckis gucken. Zwölf Kilo wiegt so ein Teil. Ist fast so schwer wie das Leben.

— **September 2011** —
Andere wichtige Frage: Warum machen dünne Schnürsenkel dauernd Knöpfe?

Von Wahlen und Bergen

S tatistisch gesehen bin ich derjenige von zweien, der sich dafür interessiert, wer in meinem Namen die Geschicke unseres Landes leitet: Ich war wählen. Ich schrieb meinen Lieblingsnamen auf den Wahlzettel, gab diesen in der Gemeindekanzlei ab und fuhr mit der Stanserhornbahn hoch auf meinen Lieblingsberg – es war der letzte Tag mit der alten Bahn. Dort wartete ich bei prallem Sonnenschein, einem Träsch und einer Krummen auf die ersten Wahlergebnisse und betrachtete das immer wieder umwerfend schöne Alpenpanorama. Habe ich schon mal erwähnt, wie gut es tut, die Welt hin und wieder von oben zu betrachten? Die Aussicht von der Bergspitze macht die Probleme und Ärgernisse drunten im Tal im wahrsten Sinne des Wortes überschaubar. Und je länger ich runterschaue, umso mehr verliert alles, was mich besorgt und beschäftigt, an Gewicht.

Am Wahlsonntag zum Beispiel hörte ich irgendwann auf, bange zu hoffen, dass mein Lieblingskandidat die Wahl gewinnt: Hauptsache, dachte ich mir, derjenige, der das Rennen macht, schaut gut zu diesem wunderbaren Land.

Am Abend wollte ich dann natürlich Wahlstudio kucken – und prompt erwischten mich die Alltagssorgen wieder mit voller Härte, und zwar gleich zweifach.

Einerseits war ich ein bisschen beschämt, dass nur die Hälfte aller Wahlberechtigten mitbestimmen wollte. Mir ist ein Rätsel, wie man sich mehr für die Gewinner von Casting-Shows interessiert als für die Gewinner von Wahlen. Denn Letztere bestimmen, wie viel Steuern wir bezahlen müssen. Oder welche Strassen gebaut werden. Oder wie wir in Zukunft wohnen werden.

Anderseits machten mich die Kommentare der Parteienvertreter ratlos. Da wurden Dutzende von Argumenten vorgetragen, warum wer wie viele Prozente gewonnen oder verloren hatte: Wir haben unsere Themen zu wenig platziert – Wir haben auf die falschen Themen zu früh gesetzt – Wir haben zu wenige Plakate ausgehängt. Undsoweiter undsoweiter, endlos. Aber kein Einziger, wirklich keiner von ihnen sagte einen Satz wie: «Vielleicht wollen uns die Wähler nicht mehr» oder «Unsere Wähler sind ganz offensichtlich nicht mehr so zufrieden mit dem, was wir tun». Die Politiker und Politikerinnen hörten sich alle an, als würden sie Schiffli-Versenkis spielen: Strategie-Spiele ohne Einbezug der Mitwirkenden.

Vielleicht betrug die Wahlbeteiligung deshalb nur rund 50 Prozent. Die Sandkastenspiele der Politiker sind aber keine Ausrede dafür, nicht an die Urnen zu gehen. Vielmehr sollten wir nächstes Mal umso dringender denjenigen unsere Stimme geben, die in Wir-Form statt in Ich-Form denken. Und solchen, die hin und wieder die Welt von einem Berg aus betrachten.

— **November 2011** —

Und ja: Leer einwerfen ist nicht dasselbe wie gar nicht zu wählen oder abzustimmen.

Vorsorgliche Massnahmen

Irgendwie ist das alles so kompliziert geworden mit dieser Sache zwischen Männern und Frauen. Vor ein paar Monaten habe ich einer jungen Dame zum Einsteigen ins Taxi die Tür aufgehalten. «Wotsch mich aamache», schnauzte sie mich unvermittelt an. Da war ich erstmal sprachlos. Es dauerte ein paar Momente, bis ich erwidern konnte, dass ich das so gelernt habe. Dass das was mit Anstand und Aufmerksamkeit zu tun habe. Und ob ihr Knigge ein Begriff sei. War er nicht. Aber sie kannte Alice Schwarzer und fand, dass Männer sowieso immer nur das Eine wollen. Und nie zuhören.

Seither spitze ich zwar immer meine Ohren, wenn Frauen zu mir reden. Was ich aber sagen oder tun soll oder darf, darüber bin ich mir nicht mehr sicher. Es denkt dann immer wie wild mit mir: Darf ich ihr ein Kompliment machen für ihren schönen Mantel, ohne missverstanden zu werden? Darf ich sie berühren, ohne als Grapscher beschimpft zu werden? Und darf ich ihr direkt in die Augen schauen, ohne aufdringlich zu wirken? Vor lauter Nachdenken kann ich dann nicht mehr richtig zuhören, weshalb mir in letzter Zeit des öftern vorgeworfen wird, ich sei unaufmerksam. Womit die Frauen tatsächlich recht erhalten, wenn sie behaupten, dass Männer nicht zuhören. Da haben wir den Salat!

Vorletzte Woche geriet ich in eine besonders prekäre Situation. Ich hatte mich im Fitness-Center abgestrampelt und gönnte mir wie immer ein bisschen Wellness im Dampfbad. Ich war alleine und genoss die feuchte Hitze – bis eine Frau eintrat und sich vis-à-vis hinsetzte. Wie Sie wahrscheinlich wissen, bindet man sich im Dampfbad nur ein Tuch um die Hüfte, man ist also halbnackt. Und das war in meiner Situation das Heikle: Eine Frau und ich im Dampfbad, beide halbnackt, und mir dröhnte die junge Dame vom Taxi im Hinterkopf: «Wotsch mi aamache?»

Nein, wollte ich nicht. Aber ich fühlte mich, als würde die Frau im Dampfbad mir diesen Vorwurf machen. Wenigstens mussten wir nichts bereden: Ich hätte in diesem Moment unmöglich zuhören können.

Aber was tun? Ich bekam Panik. Dann fiel mir ein, was ich in der Zeitung gelesen hatte: Dass neustens Lehrer bei Einzelgesprächen mit Schülerinnen die Tür zum Klassenzimmer offen lassen, damit jeder sehen kann, dass der böse Mann das unschuldige Mädchen nicht sexuell belästigt.

Das schien mir das Richtige: Ich öffnete die Tür zum Dampfbad. Als klares Zeichen dafür, dass ich die Frau nicht belästigen wollte. Ich wollte ja bloss in Ruhe ein Dampfbad geniessen. Dummerweise ging aber genau das nicht mehr, denn jetzt entwich der Dampf in dicken Schwaden aus der Tür. Unwirsch stand die Frau auf und beschimpfte mich: «Das ist die dümmste Anmache, die ich je erlebt habe!» Dann verliess sie schnaubend den Raum. Seither gehe ich nur noch in Herrensaunas.

— **Dezember 2011** —

Grosse Verwirrnis, schon Jahre vor MeToo. Schön blöd.

Und jetzt Lärm!

Zwei Kleinigkeiten voraus: Vor zwei Wochen sah ich in einem Anzeigenblatt ein Inserat, das zum «Frauenfondue» aufrief. Ist das nach dem Käse- und dem Fleischfondue nun ein Aufruf zum geschlechtsorientierten Kannibalismus? Letzte Woche sah ich in der Dusche einer Herren-Umkleidekabine ein Duschmittel, das hiess «Rexona Girl». Ist das ein Bekenntnis des metrosexuellen Mannes?

Aber zu den wichtigen Dingen des Lebens. Letzten Dienstag lag ein Schreiben zur bevorstehenden Fasnacht in meinem Briefkasten. Darin stand: «Die Verantwortlichen der Stanser Fasnacht sind bemüht, die Fasnacht für die Anwohnerinnen und Anwohner in einem erträglichen Rahmen durchzuführen.» Jetzt haben Sie natürlich herausgefunden, wo ich wohne. Wichtiger aber ist, was weiter in diesem Flugblatt steht: «Wir ersuchen Sie, diese (ausserordentlichen Immissionen) mit einem gewissen Gleichmut und mit Verständnis für diese besondere Zeit zu ertragen.»

Aber Freunde! Ich finde das bestürzend. Soll ich etwa allen Ernstes an die Fasnacht gehen und die ganze Nacht lang flüstern, damit niemand aufgeweckt wird? Und sollen die Guuggenmusigen gaaaaaanz leise spielen, damit die Kinder schlafen können?

Die Fasnacht wurde vor allem deshalb erfunden, damit erstens der Winter und die bösen Geister vertrieben werden und damit zweitens brave Christenmenschen mal ordentlich über die Stränge hauen können. Beides muss mit viel Lärm geschehen. (Nur damit das auch gesagt ist: Komasaufen und Banken ausrauben sind damit nicht gemeint, das finde ich auch an der Fasnacht nicht lustig.) Wir können dann ja die restlichen 360 Tage wieder still und leise sein.

Dass ausgerechnet die Organisatoren der Stanser Fasnacht um «Verständnis» flehen und sich um einen «erträglichen Rahmen» bemühen, ist eine Kapitulation gegenüber einem Jahrhunderte alten Brauch. Wo doch Brauchtum, so steht es in jedem Lehrbuch, Identität schafft und das Gefühl von Heimat vermittelt. Ich jedenfalls möchte in solch wichtigen Dingen nicht auf «Verständnis» angewiesen sein. Viel eher sollte deshalb in besagtem Flugblatt mit Freude und Stolz verkündet werden: «Endlich: Es kracht und rumpelt wieder – fühlen Sie sich ganz wie zu Hause!»

Man sollte schliesslich auch nicht an einen Ort ziehen, wo sich ein Flugplatz befindet, und sich nachher über Fluglärm beklagen. Oder von der Stadt ins Grüne zügeln und nachher über Kuhglockengebimmel meckern. Denn auf dem Land leben Kühe, und an Flughäfen wird geflogen. So einfach ist das. Und an der Fasnacht soll man Lärm machen. Sonst geht dieser Winter nie vorüber. Und ich spiele womöglich mitten im Sommer jemandem einen unüberlegten Streich.

— Februar 2012 —

Für mich eine einfache Rechnung: Wenn sich viele Leute gemeinsam amüsieren, warum sollte ich als Einzelner dann dagegen sein? Schliesslich bin ich in der Minderzahl.

Meine Wellensittiche
und Nietzsche

Manchmal setze ich mich einfach auf unser Sofa und schaue unseren Vögeln zu. In unserer Stube leben, wie Sie vielleicht schon wissen, vier Wellensittiche, und genau diese erfreuen immer wieder mein Herz: Ich mag es, wenn die bunten Federsäcke vor sich hin trällern, vor allem der Gelbe ist ein ausgezeichneter Sänger. Obwohl ich mir nie ganz sicher bin, ob er auch immer weiss, was er da erzählt. Ich kann zwar keine Vogelsprache, aber oft wirkt das Gezwitscher der Wellensittiche etwas ziellos. Wobei da vielleicht noch anzumerken ist, dass der Lieblingsplatz aller vier Wellensittiche im Büchergestell zuoberst bei den Philosophen ist. Dort sitzen sie manchmal den ganzen Tag, und ich bin überzeugt, dass die Vögel von der Weisheit in den Büchern magisch angezogen sind. So dumm können die also gar nicht sein.

Auch wenn meine Liebste Jazz aus den Fünfzigern hört, laufen alle vier Vögel zu Hochform auf. Für mich ist das ein Zeichen von Intelligenz und vorzüglichem Geschmack. Und der Grüne, der eindeutig der Chef im Wohnzimmer ist, mag es, wenn Arnold Schwarzenegger im Fernsehen einen Bösewicht dingfest macht: Dann pfeift er so begeistert, dass ich den Fernseher lauter stellen muss – worauf der Grüne noch begeisterter ruft und ich wieder die Lautstärke erhöhe … na ja, so geht das manchmal den ganzen Abend.

Bis der Film fertig ist und wir zu Bett gehen. Kaum ist der Fernseher abgestellt, schweigen auch die Vögel. Nach dem Zähneputzen (also unsere Zähne, Vögel haben ja keine) mache ich dann immer Lichterlöschen im Wohnzimmer und sage: «Gute Nacht, Wellensittiche.» Und ob Sie es glauben oder nicht: Manchmal machen die Vögel dann Geräusche, die sich anhören wie «Gute Nacht, Hug». Doch, ehrlich, ich schwörs! «Gute Nacht, Hug.»

Ich lege mich dann immer ins Bett und bin ganz stolz auf meine gescheiten Federviecher. Und am nächsten Tag hänge ich ihnen frischen Salat in den Käfig, den sie aber nie essen, weil sie ja die ganze Zeit über auf den Philosophie-Büchern stehen mit ihren lustigen kleinen Füsschen und vor sich hin trällern. Manchmal stelle ich mir vor, dass der Grüne sogar Nietzsche zitieren kann. Schlaue Sätze wie «Das logische Denken ist das Muster einer vollständigen Fiktion».

Wenn Sie jetzt in diesen Zeilen einen tieferen Sinn oder eine versteckte Botschaft vermuten, dann suchen Sie vergeblich: Es gibt nichts. Keine Botschaft, keine Bedeutung. Ich weiss nicht, warum das so ist, aber wenn ich auf dem Sofa sitze und den Wellensittichen beim Singen zuhöre, macht mich das irgendwie glücklich und zufrieden. Das ist im Grunde schon alles.

— **März 2012** —
Als ich an einem Anlass mit Apéro vorgestellt wurde als «weisch, dä mit de Vögel» und alle Umstehenden erkennend nickten, da wurde mir klar, dass meine Wellensittiche berühmter sind, als ich es je werde.

Was die Leute wollen

E in guter Sohn besucht hin und wieder seine Eltern, sagt man, weshalb ich letzthin genau das tat. Es war ein stürmischer Sonntag, ideal für einen Spaziergang vom Dorf, wo ich wohne, nach Hergiswil, wo meine Eltern zu Hause sind. Der schwere Wind machte meine Gedanken leicht, die Stimmung am See entlang dem Lopper liess mein Herz höher schlagen. An der Seestrasse kam ich dann aber ins Grübeln: Da wohnen neuerdings so viele Leute direkt am See, die ihre bevorzugte Lage und ihre protzigen Paläste mit hohen Mauern und übergrossen Überwachungskameras vor dem Rest der Welt abschirmen. Als ob erstens die Welt voller Diebe ist und zweitens ich unter keinen Umständen willkommen bin. Das sind nicht die Nachbarn, die ich in einem Notfall um Hilfe bitten würde.

Nicht, dass ich diesen Leuten ihre dicken Autos neidig bin, die mag ich ihnen gönnen. Aber ihre dicken Mauern beleidigen meine Aufrichtigkeit und meine Ehrlichkeit. Für mich sind das Leute, die ungestört sein möchten und Dorffeste blöd finden. Aber wenn die so offensichtlich isoliert sein wollen, dann finde ich, sollte man ihnen genau das auch geben. Ich schlage deshalb vor, dass wir, das Volk, auf unseren Trottoirs ebenfalls Mauern bauen. Und zwar solche, die mindestens so hoch sind wie die Häuser dahinter. Dann müssen die da drüben uns nicht sehen und wir sie nicht, und jeder kriegt, was er will: Wir die Dorffeste und sie das Alleinsein.

Ich finde sowieso, dass man den Leuten öfter geben sollte, was sie glauben haben zu müssen. Dann würden sich viele Dinge von alleine zum Guten verändern. Zum Beispiel vor dem Eingang zum Dorfplatz 9 in Stans. Das ist ein grossartiger Einkaufsladen mit einem tollen Angebot und überaus freundlichen Angestellten. Unglücklicherweise stellen aber viele Kunden ihre schicken Autos so nahe an der Eingangstür ab, dass man sich förmlich daran vorbeidrücken muss, wenn man in den Laden möchte. Wo es doch auf dem Stanser Dorfplatz nur so wimmelt von Parkplätzen. Aber die sind wohl nur für das gemeine Volk. Die Auto-Absteller vor dem Einkaufsgeschäft hingegen sind VIPs, Very Important People. Sie lechzen nach Aufmerksamkeit.

Genau die sollen sie kriegen: Ich beantrage deshalb, vor dem Dorfplatz 9 mindestens zwei Parkfelder einzuzeichnen, die bis zur Türschwelle reichen und auf denen geschrieben steht: Parkplatz für Wichtigtuer. So finden die Parkierer Beachtung, und ich kann dann getrost anderswo einkaufen.

Der Besuch bei meinen Eltern war übrigens wunderbar: Ich bekam Kaffee und Kuchen und viele aufmunternde Worte, und weil es inzwischen zu regnen angefangen hatte, fuhr mich mein Vater sogar nach Hause. Sein Auto stand in der Garage.

— Mai 2012 —

Vielleicht sollten wir Trump in die Schweiz holen.
Der würde um alles eine Mauer bauen. Sogar um Parkplätze.

Über Moral
und Anstand

Man hört ja immer wieder, dass die Jugend von heute verwahrlost, dass Junge keinen Anstand und keine Moral mehr haben. Das stimmt natürlich. Auf dem Trottoir latschen sie in Passanten, weil sie dauernd in ihre Handys starren. Sie lassen sich tätowieren, weil sie nicht mehr lesen und schreiben können. Und wenn sie den Mund aufmachen, tönt das wie ein Videogame. Kurz: Sie nehmen die Welt, in der sie leben, nur verschwommen wahr. Und wir Alten, die wir ja voll den Durchblick haben, müssen uns darüber ärgern.

Es ist schon wahr: Es ist nicht mehr wie früher. Die Jungen haben sich verändert. Aber sie haben ja irgendwie auch keine andere Wahl, weil sich ja alles immer ändert, das Leben, die Welt, sogar das Universum driftet unaufhörlich auseinander. Das Einzige, was den Jungen bleibt, ist, das zu tun, was Junge immer tun: Sich nach Vorbildern orientieren. Jetzt meinen Sie sicher, ich komme mit der Sängerin Lady Gaga, weil sie bloss wie ein Schnitzel rumläuft, aber nicht singen kann. Doch die ist nicht relevant, die ist morgen schon wieder vergessen.

Ich meine nachhaltige Vorbilder. Männer und Frauen, die über viele Jahre Wichtiges und Grosses geleistet haben. Peter Bichsel zum Beispiel, der Schriftsteller mit der feinen Beobachtungsgabe. Der hat an den Solothurner Literaturtagen den Schillerpreis gekriegt für sein Lebenswerk, 10'000 Franken. Und was sagt der alte Mann zum Dank? «Ich versuche, diesen Preis nicht überzubewerten.»

Oder der Filmemacher Michael Haneke. Wurde eben erst mit der Goldenen Palme von Cannes geehrt. Und was meint der Künstler dazu? «Man freut sich in dem Moment, in dem man sie bekommt, aber dann ist so ein Preis wieder vergessen.» Noch ein Vorbild-Beispiel? Der Fotograf

Thomas Struth durfte das offizielle Foto der Queen zu ihrem 60-Jahre-Thronjubiläum machen. Eine ausserordentliche Ehre. Nach dem Shooting liess er verlauten: «Für Königshäuser interessiere ich mich im Grunde genommen wenig.» Aha. Schöne Vorbilder sind das. Kein Wunder, sagen auch unsere Jungen nicht mehr artig danke und nehmen nichts mehr ernst, drängeln sich aber trotzdem dauernd vor.

Den Vogel abgeschossen hat vorletzte Woche der Sänger Bob Dylan, einst der Held einer Jugendbewegung, die Leute wie Bichsel, Haneke und Struth hervorgebracht hat. Bekam vom US-Präsidenten Barack Obama die Freiheitsmedaille verliehen, die höchste zivile Auszeichnung der USA – und behielt während der Zeremonie seine dunkle Sonnenbrille auf ... Das war übrigens ziemlich genau an dem Tag, an dem Friedensnobelpreisträger Barack Obama den Befehl gab, in Pakistan mit Drohnen zu töten.

Wir sehen: Die Welt ist kompliziert. Sogar für uns Alte, die wir doch Vorbild sein sollten. Aber was für eins?

— Juni 2012 —

Grober Irrtum meinerseits: Lady Gaga überwand die Schnitzel-Maskerade und gewann 2019 den Oscar für den besten Filmsong des Jahres. Sie hat sich in ihrer Dankesrede sehr darüber gefreut. Wir gratulieren.

Die wunderbare Welt
im Heftli

Grundsätzlich bin ich ja der Meinung, dass man so viel wie möglich lesen sollte: Bücher, Internetseiten, Gebrauchsanweisungen, Postkarten und jede Menge Heftli. Ich kaufe am Kiosk regelmässig Magazine, die ich noch nicht kenne. Meistens habe ich sogar von den Themen, die sie behandeln, keine Ahnung. Letzthin habe ich zum Beispiel ein Heft zum Thema Tantra entdeckt (da gehts um kosmische Liebe). Und eines für Friseure (da gehts um komische Haarschnitte). Und seit ich in einem meiner Lieblingsrestaurants regelmässig den «Schweizer Jäger» lese, weiss ich, was Brunftkugeln sind und dass man darüber problemlos auch im Tantra-Magazin berichten könnte, dass Jäger mit dem Begriff Scherenfalle aber nicht ihren Coiffeur meinen. Wir sehen: Heftli sind lehrreich. Sie helfen, sich im Leben zurechtzufinden. Denn in ihnen spiegelt sich unsere Welt wider.

Ganz besonders im «MigrosMagazin», das vor einiger Zeit in meinem Briefkasten lag. Auf dem Titelbild war eine etwas verwirrt wirkende Frau zu sehen mit einem Muss-ich-jetzt-lächeln?-Blick, sie war als Milena Gross angeschrieben. Darunter stand in grossen Buchstaben: «Schulabbruch, Jobben als Model, Drogenprobleme: Das Leben hat Milena Gross einiges abverlangt.»

Aha. Arme Milena Gross. Das Leben hat ihr einiges abverlangt. Ich stelle mir das so vor: Die Milena war ein gar fröhlich Kind, als plötzlich das Leben dahergeschlendert kam und ihr befahl: «Brich die Schule ab!» Milena gehorchte. Aber damit gab sich das Leben noch nicht zufrieden. Erneut baute es sich vor dem geplagten Mädchen auf und forderte: «Werde Model!» «Herrje», wird sich Milena gedacht haben, «alles, nur das nicht», aber sie tat, wie ihr befohlen. Das Leben aber wurde jetzt erst richtig bösartig. «Nimm Drogen», verlangte es von der traurigen, aus Model-

Gründen inzwischen dünngehungerten Milena, und Milena konsumierte alle Drogen, die das Leben hergab, bis es ihr so schlecht ging, dass das «MigrosMagazin» sie auf die Titelseite nahm. Der «Schweizer Jäger» würde Milena wohl als waidwund bezeichnen.

So eine traurige Geschichte, dachte ich, kann ja nichts dafür, das arme Mädel. Ich verzichtete dann aber darauf, den dazugehörenden Artikel im Heftinnern zu lesen. Weil ich Geschichten bevorzuge, in denen eine Welt widerspiegelt wird, wo die Menschen selbstbestimmt und eigenverantwortlich handeln. Wo sie im besten Sinne des Wortes das Heft selber in die Hand nehmen. Zum Beispiel dieses Magazin zum Thema Dekorationen, das ich letzte Woche gekauft habe. Darin steht geschrieben: «Das Leben ist wie eine schöne Wohnung: Man muss sie sich bloss selber einrichten.»

— Juli 2012 —

Wie nennt man das übrigens, wenn eine Frau ihren Mann zum Haus rauswirft? «Schöner wohnen». Ha ha. Der ist fast so lustig wie der mit dem Pferd, das in eine Bar kommt.

Über die Geselligkeit

Als mein lieber Bruder Andreas und ich noch unter demselben Dach wohnten, hatten wir immer einen Grund zum Streiten: Er trainierte im Turnverein Mittelstreckenlauf, ich besuchte irgendwelche Rockkonzerte, und immer, wenn ich nach Hause kam, empörte er sich lauthals über meine nach Rauch stinkenden Kleider. In gewisser Weise war es deshalb für mich eine spitzbübische Rache, als ich beschloss, ausgerechnet ihm, dem militanten Nikotinverächter, das Rauchen schmackhaft zu machen. Es kostete mich viel Anstrengung und pädagogisches Geschick, aber mit dem Argument «das ist Kultur» steckte er sich irgendwann nach einem feinen Essen tatsächlich eine Zigarre an. Und siehe da: Inzwischen geniesst er die heiteren Momente in Gesellschaft bei einem auserlesenen Whisky und einer edlen Zigarre. Heute ist er nur noch ein militanter Nichtzigarettenraucher.

Ich war deshalb umso mehr gerührt, als er sich nach der Einführung des Nichtraucherschutzgesetzes vor zwei Jahren ernsthaft besorgt erkundigte, wie ich denn mit dem Rauchverbot zurechtkomme. «Ich gehe jetzt nicht mehr an Konzerte und nicht mehr in den Ausgang, sondern lade alle Freunde zu mir nach Hause ein, weil man bei mir noch rauchen darf», gab ich ihm zur Antwort und fragte meinerseits: «Gehst du denn jetzt mehr aus?» Und wissen Sie, was mein lieber Bruder Andreas antwortete? Er sagte: «Nein.» «Wofür haben wir denn ein Rauchverbot?», fragte ich ihn, und irgendwie wusste er darauf auch keine richtige Antwort.

Einige Zeit später verkleinerte eine meiner Lieblings-Ausgehbeizen die Restaurantfläche, damit sie wieder Raucherbeiz werden konnte. Die Wirtin hatte nämlich nichts mehr zu tun, weil die Raucher nicht mehr kamen und die Nichtraucher weiterhin zu Hause blieben. Seit man wieder qualmen darf, ist die Beiz wie früher pumpenvoll am Wochenende. An

Konzerte gehe ich nur noch selten, weil ich es lächerlich finde, wenn auf der Bühne die grosse Rock-'n'-Roll-Revolution zelebriert wird, und im Saal hören Hunderte nicht rauchende Raucher artig zu.

Ich will jetzt nicht auch noch von den Nichtrauchern erzählen, die sich mittlerweile bei Gesellschaften in Restaurants beschweren, weil sie an den Tischen vereinsamen, während es die Raucher draussen lustig haben. Aber Sie ahnen, worauf ich hinaus will: Wenn in zwei Wochen über die Initiative «Schutz vor Passivrauchen» abgestimmt wird, werde ich ganz bestimmt kein Ja in die Urne legen. Nur schon deshalb, weil Leute wie mein Bruder sich durchaus selber schützen können.

— **September 2012** —

Die Initiative wurde dann angenommen. Und das muss jetzt mal gesagt werden:
Das Rauchverbot hat die Konzertkultur zerstört!
Das erkläre ich Ihnen gerne mal bei einer Tasse Verveine-Tee.

Abenteuer mit Gummibärchen

Eigentlich wollte ich mich nur nach einem Inhalator erkundigen, als ich letzte Woche in der Apotheke in der Warteschlange stand. Das sind diese Dinger, die aus Wasser und irgendwelchen Blüten-essenzen Dampf produzieren, den man einatmet und sich nachher beschwingt wie ein Vögeli fühlt. Ist gut gegen Erkältung. Und jetzt kommt ja bald der Winter, da wollte ich gewappnet sein.

Aber dann entdeckte ich neben der Kasse diese Gummibärchen, und mir wurde wie eine Offenbarung bewusst: Die werden mein Leben retten! Es waren Bachblüten-Harmony-Bärchen nach der Notfall-Philosophie von Dr. Edward Bach! Wenn Sie mir nicht glauben, dass es sowas gibt, können Sie sich bei Ihrem nächsten Apothekenbesuch gerne selber überzeugen: Bachblüten-Harmony-Bärchen! Glutenfrei, laktosefrei, ohne chemische Süssstoffe, alkoholfrei, vegetarisch, bio und nach DE-Öko-039-Norm. Steht alles auf dem Päckli. Und kosten neun Franken fünfzig. Natürlich musste ich die haben! Man soll schliesslich nicht nur auf den Winter, sondern überhaupt auf Notfälle vorbereitet sein.

Weil Notfälle passieren ja dauernd: Die Post kommt zu spät, das Kind hat seinen Velohelm vergessen, die Küche ist nicht aufgeräumt … und der nächste Notfall ist immer bloss eine Frage der Zeit.

Ich weiss nicht genau, ob man das Unheil anzieht, wenn man es förmlich erwartet, aber sonderbarerweise erwischte mich das Schicksal schon zwei Tage später: Ich war gerade auf den Heimweg und kurz vor dem Haus, in dem ich wohne, da fiel eine Frau mittleren Alters wenige Meter vor mir der Länge nach auf die Nase. Aber voll!

Ich wusste sofort, was zu tun war: Ohne zu zögern rannte ich so schnell ich konnte nach Hause und stopfte die ganze Packung Bachblüten-Harmony-Bärchen in mich hinein. Danach musste ich mich erstmal hinsetzen und warten, denn wie wir wissen, dauert es mindestens zwanzig Minuten, bis etwas, das in den Magen kommt, ins Blut übergegangen ist. Sicherheitshalber wartete ich eine halbe Stunde, bevor ich mich wieder ins Freie wagte, um auf dem Trottoir nachzuschauen. Und tatsächlich: Die Frau war weg! Einfach verschwunden. Die Gummibärchen haben gewirkt. Die Schwingungsmuster von Cherry Plum und Clematis, so steht es auf der Verpackung, haben meine Welt wieder in Harmonie gebracht.

Aber soll ich Ihnen etwas verraten? Bachblüten-Harmony-Bärchen kleben an den Zähnen und schmecken ziemlich fad. Das nächste Mal, wenn ich einen Notfall habe, möchte ich etwas mit mehr Aroma. Himbeeri zum Beispiel oder Granatapfel. Und es sollte nicht an den Zähnen kleben. Immerhin: Mit dem Inhalator brachte ich die Bach-blüten-Harmony-Bärchen-Rückstände wieder von meinen Zähnen weg.

— Oktober 2012 —
Meine Mutter fragte mich verständnislos:
«Warum hast du die Gummibärchen nicht der alten Frau gegeben?»
Wir sehen: Ironie ist immer eine schwierige Angelegenheit.

Jimi Hendrix
möge in Frieden ruhen

E s war wohl keine gute Idee, das zu sagen: In einer vermeintlich lockeren Diskussionsrunde äusserte ich letzte Woche meine Bedenken über die Flut von immer neuen Verboten. Nichtrauchend mutmasste ich, dass wir wohl bald über ein Alkoholverbot bei unter 20-Jährigen, eine Hubraumbeschränkung bei Autos und eine Fettsteuer gegen Dicke abstimmen werden. Herrje: Damit trat ich in ein riesiges Wespennest. Meine Diskussionsgspänli waren hell entsetzt. Man müsse Erwachsene vor der Völlerei bewahren, Jugendliche vor Alkoholismus behüten und die armen wehrlosen Kinder überhaupt vor allem schützen. Der heilige Zorn der verängstigten Weltverbesserer schlug mir entgegen. Und es wurde noch schlimmer, als ich trotzig erwiderte, dass man im Gegenteil einen Butterbrot-Zwang für Dünne verordnen müsste. Zur Wiedergutmachung musste ich einen Kamillentee trinken. Ohne Zucker.

Vor lauter Niedergeschlagenheit vergass ich, auf dem Nach-Hause-Weg die Strasse über den Fussgängerstreifen zu queren, und suchte Trost in der Musik. Ich entschied mich für «Are You Experienced» von Jimi Hendrix, dem Superhippie, der letzten Dienstag siebzig Jahre alt geworden wäre, wäre er nicht unvorsichtigerweise an einer Überdosis gestorben.

Erinnern Sie sich an die Hippies? Zettelten die soziale Weltrevolution an, rissen jede Art von Grenzen nieder und verlangten die grosse Freiheit. Ihr widerborstiges Gepolter gipfelte im resoluten Schlachtruf (Achtung, liebe Kinder, jetzt bitte wegschauen) «Ficken für den Frieden». (Liebe Kinder: Ihr könnt jetzt wieder hinschauen.)

Und wo stehen wir heute? Gestern blätterte ich in einem Gesundheits-magazin und stiess in einem Inserat auf die bestmögliche Antwort: «Kauen gegen Karies» las ich da, und mir wurde auf einen Schlag klar:

Das ist aus uns geworden. Wir ficken nicht für den Frieden (sorry, liebe Kinder, jetzt hab ich glatt den Warnhinweis vergessen), sondern kaufen präventiv Kaugummis für die «sinnvolle Zahnpflege zwischendurch».

Jetzt brauchte ich erst recht Trost in der Musik. Ich hörte mir «Cry Baby» von Janis Joplin an. Aber statt zu heulen, musste ich daran denken, dass in letzter Zeit viel zu lesen war von ehemaligen Hippiefrauen, die erzählten, dass sie das ganze Zeugs mit der freien Liebe eigentlich gar nie gewollt hätten. Es aber sehr wohl taten. Und sich jetzt, vierzig Jahre später, anschuldigend darüber beklagen. Ich wechselte die Musik zu «Manic Depression» von Jimi Hendrix. Jetzt war mir richtig zum Heulen zumute.

— **November 2012** —

So in etwa. Gestern eine CD von Wind Rose gekauft, darauf singt die ganze Band: «I am a dwarf and I'm digging a hole, diggy diggy hole, diggy diggy hole.» Irgendwie muss es ja weitergehen.

Über die Polizei

Also eigentlich finde ich unsere Polizisten und Polizistinnen ganz nett. Sie winken gerne an Strassenkreuzungen, machen an Partys um fünf nach zehn die Musik leiser und stellen sicher, dass rumlungernde Jugendliche nicht auf dumme Gedanken kommen oder sich gar betrunken in eine nicht mit Neonlicht ausgeleuchtete Postauto-Haltestelle erbrechen. Im Fachjargon des Sicherheitswesens heisst das «Präsenz markieren».

54

Das nützt tatsächlich. Letzthin habe ich an einem Volksfest drei Teenagern zugeschaut, die sich mit grosser Vorfreude auf das bevorstehende Feuerwerk einen Joint drehten, aber just bevor die ersten Raketen hochgingen und die Jungs ihr Teufelszeug anzünden konnten, kamen zwei Polizisten angelaufen. Sie hielten exakt neben den Jugendlichen an und blieben dort während des ganzen Feuerwerks stehen, um sich selbiges anzusehn. Den Joint konnten sich die eingeschüchterten Burschen erst nach dem Feuerwerk anzünden, als die Polizisten ihre Patrouille fortsetzten, aber da war der Lichterzauber schon vorbei.

Ich finde unsere Polizisten und Polizistinnen auch deshalb nett, weil sie sich immer sehr aufmerksam Zeit für mich nehmen, wenn ich als braver Bürger eine Frage zur Gesetzeslage habe. Zum Beispiel, warum man auf der alten Lopper-Autobahn nur 60 fahren darf. Oder ob man tatsächlich gebüsst wird, wenn man zu lange auf der Überholspur fährt. Dann schlagen die Gesetzeshüter und die Gesetzeshüterinnen ihre Dienstbüchlein auf und geben mir ausführlich und entspannt Auskunft. Das ist nicht überall so. Als ich einmal in Luzern eine Polizeipatrouille auf offener Strasse ansprach, griff der eine Polizist sicherheitshalber nach seiner Dienstwaffe, und seine Kollegin trat einen Sicherheits-Schritt von mir zurück. Das hat mich sehr irritiert.

In Nidwalden hingegen geriet ich letzte Woche in eine Verkehrskontrolle. Der Polizist checkte Fahrzeug- und Führerausweis, schnupperte in mein Auto und sagte: «'s nechscht mal choschts de sächzg Franke.» Erst da merkte ich, dass ich nicht angeschnallt war. Ich finde ja auch, dass man nicht immer soooo streng sein sollte bei der Auslegung von Regelwerken und Verhaltensanweisungen.

Wie unsere Polizei zu Werke geht, wenn mal richtig schwere Arbeit zu erledigen ist, zum Beispiel einem Schwerverbrecher das Handwerk legen, das kann ich nicht so gut beurteilen, weil in unserem schönen Kanton solcherlei Vergehen so selten passieren. Gottlob. Was sind schon ein paar kotzende Teenager... Vielleicht sind unsere Polizisten und Polizistinnen deshalb so nett. Weil sie für ihren Job in der Regel leichte Arbeit verrichten. Hach, ist es nicht herrlich, in einer so idyllischen Gegend zu leben?

— **Januar 2013** —

Auf diese Kolumne gab es keinerlei Reaktionen seitens der Polizei.
Als ich das Jahre später gegenüber einem befreundeten Polizisten erwähnte,
sagte er, er habe diese Kolumne ausgeschnitten und immer noch
in seiner Küche hängen.

Über den Dialog
der Geschlechter

Das Thema ist ein echter Dauerbrenner: Da sagt ein Politiker in Deutschland nach Feierabend in einer Bar etwas zu einer Journalistin wegen eines ausgefüllten Dirndls, und schon eskaliert auch in der Schweiz die Sexismus-Debatte, neudeutsch Gender-Problematik. Die Männer, die dazu überhaupt noch etwas zu sagen wagen, sagen, dass sie sich fragen, ob man überhaupt noch etwas sagen darf. Worauf die Frauen, die dazu auch etwas zu sagen haben, klagen, dass die Männer sowieso nie wissen, was Mann sagen soll, wenn man etwas sagen sollte.

Derweil häufen sich in Illustrierten und Zeitungen Diskurse zum Thema starke Frauen, die sich nehmen, was wie wollen. In solchen Artikeln sagen dann Frauen wie Blanca Rivor im «SonntagsBlick-Magazin» Sätze wie «Wenn es um Männer geht, muss man halt mit Enttäuschungen leben» und spannt am Ende doch nur ihrer eigenen Schwester den Freund aus. Worauf sich die Männer in anderen Diskursen beklagen, wo denn diese Frauen seien, die starken, die sich nehmen, was sie wollen, weil Männer ja auch mal genommen werden möchten.

Aber da kontern die Frauen blitzartig: Es gibt keine Gentlemen mehr! Darauf antworten die Gentlemen ganz Gentleman, dass bedauernswerterweise die echte Lady eine vom Aussterben bedrohte Spielart der kultivierten Frau sei.

Und so weiter. Und so fort. So geht das endlos. Zwischendurch mischt sich die Psychologin Julia Onken in die Diskussion ein, die Frau, die zu Männerfragen immer etwas zu sagen weiss. «Es wird sich künftig einiges verändern», sagt sie. Da sind wir echt sprachlos ob so viel Weisheit.

Was mich an dieser Diskussion am meisten amüsiert: Single-Frauen begründen ihr Single-Dasein mit dem Umstand, dass Männer vor starken Frauen wie ihnen Angst haben. Genau gleich argumentieren Single-Männer: Dass sie nämlich nur deshalb Single sind, weil die Frauen vor starken Männern wie ihnen Angst haben. Das beteuern Single-Ex-Missen und Ex-Single-Vize-Missen genauso wie alleinstehende Music-Star-Gewinner und solitäre Uni-Absolventen. Und wenn tatsächlich mal zwei starke Persönlichkeiten wie Melanie Winiger und Stress zueinander finden, haben sie sich nach ein paar Jahren wieder auseinandergelebt.

Ich für mich habe eine Lösung gefunden, wie ich aus diesem Desaster heil wieder raus komme: Ich habe mir ein T-Shirt gekauft, auf dem steht «Free Hug», was übersetzt «Gratis-Umarmung» heisst und natürlich nur als superplumpe Anmache verstanden werden kann – es sei denn, man heisst wie ich Hug mit Nachnamen...

Aber das funktioniert eben nur bei mir. Alle Nicht-Hugs müssen selber rausfinden, wie sie zu einer Umarmung kommen. Immerhin ist jetzt ein Lichtschimmer am dunklen Horizont aufgetaucht: Die arme arme betrogene Francine Jordi singt jetzt wieder Liebeslieder. Die sind zwar kitschig, aber vielleicht hilfts.

— Februar 2013 —

Stress wurde von seiner neuen Freundin Ronja Furrer betrogen,
er sagt dazu: Was solls. Francine ist seither offiziell Single.
Und wann findet Beatrice Egli endlich die Liebe ihres Lebens?

Neulich am Radio

Meistens bin ich ja einfach froh, wenn ich nicht zu viel von dem höre, was um mich herum gesprochen wird. Wenn zum Beispiel im Zug ein Teenager ungeniert und lauthals seinem Handy erklärt, wie meeega doof jetzt wieder dieser Lehrer sei. Oder wenn beim Metzger zwei Herren darüber debattieren, wer von ihnen die schmerzvollere Prostata-Operation hatte. Da klappe ich lieber meine Ohren zu und tu so, als würde mich das absolut nichts angehen. Ich kenne ja schliesslich weder die beiden Herren noch besagtes Handy. Und meistens stürzen mich solche Informationen sowieso nur in ein tiefes Loch: Statistisch gesehen steht mir die Prostata-Operation noch bevor, und realistisch gesehen ist Teenager-Gejammer in jedem Fall meeega überflüssig.

Letzte Woche hat das mit dem Ohren-Zuklappen dummerweise überhaupt nicht geklappt. Ich hatte nach langer langer Zeit wieder mal die sonderbare Idee, dass mir ein bisschen Sport nicht schaden könnte, und begab mich deshalb in eine Fitness-Anstalt, wo man an allerlei Maschinen herumzerren kann und dazu viel zu laut das Radio läuft. Aus den Lautsprecherboxen rumpelte schwachsinnige Mtz-Mtz-Mtz-Musik, und hin und wieder japste ein extrem fröhlicher Moderator Worte wie «he yo», «super, he» und natürlich «meeega» in sein Moderatorenmikrofon.

Bis sein Studiogast im Studio war. Es handelte sich um irgendeinen Künstler, der auch Model für den Jahreskatalog einer Eisenwarenhandlung ist und jetzt auch noch als «apkoming Diitschei» für Furore in den Discos von Zürich-Höngg sorgt. Demnächst will er eine Schauspielerkarriere in Hollywood starten. Ich hatte seinen Name schon vergessen, bevor er zu Wort kam.

Aber was er dann sagte, bohrte sich tief in meine Gehörgänge: «Jaaaa, ich läb äifach mis Läbensgfüül us, oder.» Und: «Jaaaa, wäisch, ich mach äifach mini Sach.» Und schliesslich: «Jaaaa, oder, immer jung bliibe isch 's Motto.» Der Radiomoderator war begeistert.

Ich hingegen war in meinem unbeugsamen Glauben an das Gute im Menschen wieder mal bemerkenswert verstört: Das ist zwar Realität, aber die hat nichts mit Realitätssinn zu tun. Diesen Menschen, die da im Radio zu mir sprachen, schien jede Art von Selbstwahrnehmung abhanden gekommen zu sein – falls sie vorher je vorhanden war. Und sowas muss ich mir anhören?

Ziemlich verärgert über so viel galoppierende öffentlich-rechtliche Einfalt setzte ich mein Training fort und hängte 50 Kilo Extragewicht an die Glutäus-Maximus-Maschine, um meinen Ärger abzulassen. Und was ist passiert? Ich hab jetzt eine Arschmuskel-Zerrung. Seither trage ich immer Ohrenstöpsel in der Hosentasche.

— April 2013 —

Das ist eines der grossen Rätsel der zeitgenössischen Popgeschichte:
20-jährige Popstars, die ihre eigene Jugend singend verherrlichen.
Aber wie kann man wissen, ob die eigene Jugend herrlich ist, wenn man
aus Altersgründen keine Vergleichsmöglichkeiten hat.

Vom Glück der Glücklichen

Mein Freund Martin ist ein glücklicher Mensch: Er arbeitet zwar viel zu viel, tagsüber muss er in seinem Laden dauernd irgendwelche Probleme lösen, am Abend nimmt er dann an wichtigen Sitzungen teil, und nachts muss er ungelesene Mails abarbeiten. Manchmal tut er Letzteres auch als Erstes ganz früh am Morgen, weil er Zeit für seine Kinder haben will.

Aber immer, wenn ich ihn sehe, strahlt er wie ein Maikäfer über das ganze Gesicht, reisst vielleicht ein Witzli, erzählt heiter von seinen gelösten und ungelösten Problemen im Geschäft und von seinen Kindern und überhaupt. So ist er immer.

Ausser letzten Dienstag. Da kam er zu mir auf einen Kaffee mit Guetsli und war ernsthaft verwirrt. Er habe soeben eine alte Freundin getroffen, und auf die übliche Frage «Wie geht es dir denn?» habe er geantwortet: «Sehr gut! Ich arbeite zwar viel zu viel, ich muss immer irgendwelche Probleme lösen und unbeantwortete Mails abarbeiten, aber ich bin ein glücklicher Mensch.» Worauf sie erwidert habe: «Hach, Martin, du leidest am Sissi-Syndrom.»

Nun sass er also bei mir am Tisch, starrte in seinen schwarzen Kaffee und verstand die Welt nicht mehr. Wie kann es sein, fragte er, dass man ausgerechnet ihm nicht zutraut, glücklich zu sein?

Also vielleicht sollte ich an dieser Stelle kurz etwas über das Sissi-Syndrom sagen: Daran leidet, wer im Grunde seines Herzens tieftraurig ist, aber immerzu so tut, als sei die Welt in bester Ordnung. Man spielt sich das Glück selber vor, wie die Kaiserin Sissi in diesen schröcklich sentimentalen Heimatfilmen mit Romy Schneider. Psychologen nennen sowas eine versteckte Depression.

Und das macht es natürlich unglücklichen Menschen sehr einfach: Sie können jederzeit gegen glückliche Menschen den Vorwurf erheben, an einer Depression zu leiden, die der Glückliche selber noch gar nicht erkannt hat. Vielleicht sagt deshalb so ein Vorwurf mehr über denjenigen aus, der ihn erhebt, als über denjenigen, der gemeint ist. Das gilt selbstverständlich auch in der jeweils weiblichen Form.

Genau das habe ich meinem Freund Martin erzählt. Das hat geholfen. Als er nach einigem Nachdenken das erste Guetsli in den Kaffee tunkte (es waren Butter-Herzli), wusste ich, dass sein Lebensgefühl fast wiederhergestellt war. Um seinen letzten Rest an Zweifel zu beseitigen, schlug ich ihm vor, «Sissi-Syndrom» zu googeln. Und siehe da: Die Krankheit wurde 1998 von einer Werbeagentur erfunden, die vom britischen Pharmaunternehmen SmithKline Beecham den Auftrag erhalten hatte, ein neues Psychopharmaka auf dem Markt einzuführen. So einfach ist das also: Erfinde irgendeine neue Krankheit für ein neues Medikament, und wenn das Ding erst einen Namen hat, kann man auch daran glauben.

Nun war Martin vollends wiederhergestellt. Er weiss: Sein Glück ist echt.

— **Mai 2013** —

Sissi-Star Romy Schneider litt an Depressionen, wurde alkohol- und tablettensüchtig. Sie starb, wie Autor Olaf Krämer meinte, «an Unachtsamkeit». Meinem Freund Martin geht es immer noch blendend.

Von der Schwierigkeit,
sich verständlich auszudrücken

Haben Sie eine Ahnung, was Adsorptionstrocknung ist? Ich habe diesen unglaublichen Buchstabenwurm gestern im Vorbeigehen auf einem Auto gelesen. Es war ein Lieferwagen mit einem seitenfüllenden Bild von zwei Handwerkern, die Kartonschachteln herumtragen. Das sah zwar aus wie die Werbung eines Zügelunternehmens, aber auf einer dieser Kartonschachteln stand eben dieses Wort «Adsorptionstrocknung» geschrieben, und das hat wahrscheinlich rein gar nichts mit Zügeln zu tun.

Und das wiederum verwirrte mich: Was um Himmels willen wollte mir diese Werbung mitteilen? Bis ich merkte, dass ich überhaupt nichts begriffen hatte, war das Auto dummerweise schon abgefahren.

Während ich dem Lieferwagen nachschaute, kam mir die Szene von den drei Teenager-Jungs in den Sinn, von der mir mein Freund Walter letzthin erzählt hatte: Diese drei Burschen sassen einträchtig im Zug nebeneinander, alle hatten iPod-Kopfhörer eingestöpselt, und alle drückten stumm auf ihren Handys rum. Bis einer von ihnen einen Stöpsel rausnahm und seinen Kollegen in die Rippen knuffte, der nun seinerseits ein Ohr freimachte, und der Erste zum Zweiten sagte: «Ich ha der es SMS gschickt», worauf beide wieder einstöpselten und weiter schweigend an ihren Handys rummachten.

Redselige Menschen wie ich sind ab solchen Geschichten sprachlos. Der hätte ja einfach sagen können, was er mitzuteilen hatte … Und überhaupt sind Kopfhörer so schrecklich gesprächsfeindlich. Wobei: Man kann ja diese Beobachtung auch von der umgekehrten Warte aus betrachten. Diese beiden Jungs haben offensichtlich eine neue Art von Kommunikation entdeckt, von der mein Freund Walter und ich bisher noch keine Ahnung hatten. Und wahrscheinlich waren die Worte des SMS sehr viel eindeutiger als «Adsorptionstrocknung» auf einer Kartonschachtel.

Was also lernen wir aus solchen Geschichten? Ehrlich gesagt: Keine Ahnung! Vielleicht, dass ich zu viel rede, wenn der Tag lang ist?

Bei so vielen offenen Fragen bleibt mir sowohl bei den Jungs im Zug als auch bei den Arbeitern auf dem Lieferwagen kaum etwas anderes übrig, als mir meine eigene Vorstellung davon zu machen, was da hätte mitgeteilt werden sollen. Das hat zwar den Vorteil, dass ich mir etwas Lustiges vorstellen kann, falls mir der Sinn grad nach Erheiterung steht. Zum Beispiel: «Ad sorptibus trocknungus.» Das macht zwar auch keinen Sinn, klingt aber gebildet. Oder etwas Ernstes, wenn ich grad mit tiefschürfenden philosophischen Fragen beschäftigt bin. Zum Beispiel: «Der Kluge schreibt im Zuge.»

Aber eigentlich sind mir klare Ansagen lieber. Ganz einfach deshalb, weil damit alle möglichen Missverständnisse eindeutig aus dem Weg geräumt sind.

— Juni 2013 —

User Michi kommentiert im Internet: «Ich möchte mal die Schlaumeier hier sehe Welche zu Schweizer Bedienungen (Löhne, Sozialabgaben, Mieten, Einkaufspreisen) EU-Preise anbieten können.» Wie bitte?

Über die Schweiz

E s macht mich immer ein bisschen hibbelig, wenn Pendler am Perron gleich so nervös und wichtig und beleidigt tun, bloss weil ihr Zug zwei Minuten Verspätung hat. Wenn dieselben Leute mit ihren Autos im Stau stehen, scheint sie das kein bisschen zu kümmern…

64 Letzte Woche brachte ich meine Liebste zum Bahnhof von Goldau, sie fuhr mit dem Intereurop oder wie der heisst nach Italien. Es war Ferienzeit und keine Pendler weit und breit, was sehr angenehm war, weil der Zug zwei Minuten Verspätung hatte.

Auf der Heimfahrt mit dem Auto nahm ich in aller Seelenruhe die Überland- und Axenstrasse via Uri den Vierwaldstättersee entlang, bloss um mir die Landschaft anzuschauen. Das war dermassen schön, dass ich, zu Hause angekommen, gleich weiterfuhr den Brünig hoch, um einen lieben Freund zu besuchen. Und ich war einmal mehr hin und weg von der unglaublich schönen Gegend, in der wir zu Hause sind. Die Sonne schien nach Kräften und flutete See, Ebenen und Berge mit bestem Showlight. Hin und wieder standen Kühe auf den Wiesen rum und wedelten mit ihren Schwänzen. Ein Zug mit Panoramafenstern ächzte gemächlich den Berg hoch. Der Lungerersee schimmerte in tiefstem Smaragdblau, und ein paar Hobbykapitäne liessen sich gemütlich von der leichten Brise treiben. Es war wie auf einer Postkarte. Eine von der Sorte, auf der man Texte schreibt wie «Hallo Mutti, es ist schön hier, mir gehts gut.» Mit herzlichen Grüssen und so. Zugegeben: Es wimmelt von Obwaldnern in Obwalden, aber die Landschaft ist zauberhaft.

Bei meinem Freund angekommen, brauchte ich natürlich schon den ersten Trost, denn wenn meine Liebste nicht da ist, scheint mir das Leben immer ein bisschen trist und trostlos, da mag die Sonne noch so scheinen.

Aber hey: Mein Freund und ich haben ein grosses Feuer gemacht und Servelats gebrätelt und bei einem Glas Weisswein in intensiven Diskussionen die Welt neu erfunden!

Gegen Abend, die Dämmerung war schon angebrochen, klingelte mein Handy, meine Liebste war dran. Ihr Zug sitze seit zwei Stunden an der italienischen Grenze fest, erzählte sie mit einer kräftigen Prise Zweckhumor: Die Italiener fänden kein Personal, das den Zug nach Milano weiterfahren könne.

Schön blöd: Bloss zwei Stunden Zugfahrt von hier entfernt bleibt ein Zug einfach stundenlang im Bahnhof stehen, weil kein Personal aufzutreiben ist. Und da reklamieren bei uns die Pendler wegen zwei Minuten Verspätung... Und genau deswegen macht mich ihr nervöses und wichtiges und beleidigtes Getue so hibbelig.

So. Das war meine nachträgliche Rede zum 1. August.

— **August 2013** —

Und immer schön daran denken: Wer sich patriotisch über die Schweiz äussert, ist nicht automatisch Mitglied der SVP.

Velo, wo bist du?

Das war ein schönes Konzert von Jolly and the Flytrap letztens im Jugend- und Kulturhaus Senkel in Stans. Die Jungs haben sich extra für diesen Auftritt alle einen Schnauz wachsen lassen und verbreiteten allerbeste Laune. Der Klang aus den Boxen war klarer als bei mir in der Stube, und das Gerede im Publikum hielt sich einigermassen in Grenzen. Dieses Gschnorr während Konzerten finde ich immer extrem lästig und vor allem unanständig der Band und dem Publikum gegenüber, man sollte es verbieten. Aber der Senkel ist toll, echt.

Als ich dann irgendwann nach Hause wollte, war mein Velo bereits abgefahren. Aber nicht mit mir, sondern mit irgendeinem Schlaumeier, der sich mal eben ungefragt mein Velo ausgeliehen hatte. Das trübte dann doch ein bisschen meine Freude. Und während ich zu Fuss durch die dunkle Nacht stapfte, kam ich zum Schluss, dass es unanständig ist, mit fremden Velos nach Hause zu fahren.

Ein anständiger Dieb beziehungsweise eine anständige Diebin hätte wenigstens einen Zettel hingelegt mit einer Nachricht. Zum Beispiel: «Bin mit deinem Velo heim. LG Dieb, Räuberstr. 17, Stans.» Dann hätte ich es wieder abholen können. Jetzt aber steht es wohl irgendwo rum und nützt nichts. Wenn Sie also mein Velo rumstehen sehen: Bitte melden. Sie erkennen es ganz leicht: Es hat vorne ein Rad und hinten ein Rad und in der Mitte einen Sattel und ist grau. Ach ja: Unter dem Sattel hängt ein Kettenschloss. Das werde ich in Zukunft benützen, falls mein Velo wieder zu mir findet. Auch wenn ich das nicht gerne tun werde. Denn ich finde, man sollte den Leuten vertrauen können. Da bin ich stur.

66

Aber wenn ich König der Schweiz wäre, dann würde ich das Velostehlen verbieten. Weil es unanständig ist. Noch vor dem Velostehlen würde ich aber diese superlästigen Vierziger-Töffli verbieten. Die gehen mir ja sowas von auf den Geist. Machen extrem viel Lärm und extrem wenig Tempo. Und die Teenager, die auf solchen Rocheln sitzen, wirken immer irgendwie madig.

Überhaupt, im Fall: Wenn ich König der Schweiz wäre, würde ich den Militärdienst für alle obligatorisch machen, für Mädels und Jungs. Mehr noch: Sie müssten zuerst 17 Wochen in die Rekrutenschule, dann 17 Wochen Dienst an der Allgemeinheit tun, zum Beispiel in Altersheimen oder in Auffangzentren. Und zum Abschluss müssten sie weitere 17 Wochen ins Kloster. Dort könnten sie über die ersten beiden 17 Wochen nachdenken und das In-sich-Gehen üben.

Das würde ich nicht mal wegen militärischer Überlegungen anordnen, sondern aus sozialen Gründen. Gewisse Probleme mit Anstand und im Umgang miteinander hätten sich dann wahrscheinlich von alleine erübrigt. Und ich müsste mein Velo weiterhin nicht abschliessen.

— **September 2013** —

Das Velo kam nie wieder zum Vorschein. Seit mein neues Velo sogar aus dem Abstellraum meines Wohnhauses gestohlen wurde, schliesse ich mein Velo sogar zu Hause ab. Schade um die Illusion einer bedingungslos vertrauenswürdigen Welt.

Schnauz im November

Die australische Nichtregierungs-Organisation Movember hat weltweit dazu aufgerufen, diesen Monat einen Schnauz wachsen zu lassen. Die Oberlippenbehaarung soll auf Prostatakrebs aufmerksam machen. Weil Sie wissen ja, Männer ab 50 kriegen gerne Komplikationen mit der Prostata, und das ist dann überhaupt nicht lustig. Diese Problematik wird uns Männern übrigens andauernd um die Ohren gehauen, wenn zum Beispiel über öffentlichen Pissoirs ein Plakat hängt mit der Aufschrift: Bei Nachtropfen sofort in die Apotheke eilen und Prostatakrebs-Vorbeuge-Medizin kaufen! – Also quasi immer. Man traut sich ja kaum mehr, öffentlich zu urinieren vor lauter Präventions-Ermahnungen.

Die Schnauz-Deklaration ist aber ganz praktisch, weil damit viele globale Probleme auf einen Schlag gelöst werden. Zum Beispiel der Ärger mit den Taliban: Die Bartträger aus Tradition verüben im November ihre Bombenanschläge plötzlich nicht mehr für den Djihad, sondern bekämpfen Prostatakrebs. Dagegen ist ja kaum was einzuwenden. Und die halbe Türkei denkt ab sofort nicht mehr über die Trennung von Staat und Kirche und den Beitritt zur EU nach, sondern demonstriert gegen Prostatakrebs.

Damit sind allerdings noch nicht alle Probleme dieser Welt gelöst. Zum Beispiel die Gender-Frage: Was ist mit dem Damenbart? Weil Sie wissen ja, Frauen ab 50 kriegen gerne Komplikationen mit der Gesichtsbehaarung, und das ist dann überhaupt nicht lustig. Aber Frauen haben keine Prostata. Deshalb stellt sich mit dem Aufruf von Movember die Frage, ob Frauen mit Schnauz eigentlich gegen Prostatakrebs sein können.

68

Und überhaupt: Was ist mit den Männern, die seit Jahrzehnten Schnauz tragen, aber nicht dagegen sind, dass man gegen Prostatakrebs ist? Kann man denn überhaupt für Prostatakrebs sein? Und was nützt es einem Mann, der tatsächlich an Prostatakrebs leidet, wenn ich einen Betroffenheits-Schnauz trage? Das nützt genauso wenig, wie wenn ich alle Nidwaldnerinnen und Nidwaldner dazu aufrufe, zu Fuss durchs Dorf zu laufen als Zeichen der Solidarität, dass mir mein Velo gestohlen wurde (Sie erinnern sich an meine letzte Kolumne). Sind somit alle Fussgänger von Velodiebstahl betroffen? Und bringt mir das mein Velo zurück? Eben.

Ein Herr Mathis aus Wolfenschiessen hat übrigens angerufen und mich informiert, dass am Bord der Engelbergeraa ein graues Velo rumliege, aber das war dann nichts meins, ich hab nachgeschaut. Merci einewäg für den Hinweis. Mein Freund Mani hat angerufen und erwähnt, dass mein Velo seit Tagen an der Engelbergstrasse rumsteht. Aber als ich es dort holen wollte, war es schon wieder weg. Also: Vergessen Sie den Schnauz. Halten Sie lieber nach meinem Velo Ausschau.

— **November 2013** —

Wer einen Schnauz trägt, der bis über den Unterkiefer reicht,
wird nicht ernst genommen. Von niemandem.
Das weiss ich aus Erfahrung, bleibt aber eigenartig.

Go West, aber wo?

Letzthin musste ich nach Obwalden, genauer gesagt nach Sarnen
ins Bildungs- und Kulturdepartement, die haben dort sowas, es befindet sich in einem schönen alten Haus mit einem prächtigen
Eingang. Aber als ich da reinwollte, sah ich ein Schild an der Tür, auf dem
stand «Bitte Eingang Ost benützen». Da stand ich natürlich am Hag.
Bildlich gesprochen. In welche Richtung musste ich nun gehen, um zum
Eingang Ost zu gelangen? Wo um Himmels willen ist Osten?

Für mich ist das immer noch eines der grossen ungelösten Rätsel des
Lebens: Wie weiss man, wo Osten liegt, wenn man grad keinen Kompass
im Hosensack hat? Oder Süden? Oder Westen? Und ganz besonders
Norden. In Kinofilmen, wenn zum Beispiel ein Trupp Soldaten im tiefsten
Dschungel unterwegs ist und in ein Gefecht gerät, dann sagt der An-
führer immer Sätze wie «wir treffen uns drei Meilen Richtung Norden»
in sein Walkie-Talkie, und alle Soldaten marschieren unverzüglich
los in die richtige Richtung. Woher wissen die, wohin sie gehen müssen?

Vielleicht, weil Soldaten immer automatisch das Richtige tun? Zum
Beispiel in Kriegsfilmen, in denen Gefangene gemacht werden. Wenn die
dann dem König oder dem Kaiser oder dem Kommandanten vorgeführt
werden, damit sie endlich mit der Wahrheit rausrücken, dann wissen
die Soldaten immer exakt, was zu tun ist, ohne dass der König oder
der Kaiser oder der Kommandant irgendwelche Befehle gibt. Die Soldaten
wissen zu jeder Zeit, ob sie den Gefangenen jetzt prügeln oder pflegen
oder erschiessen oder freilassen müssen. Auch wenn es mehr als ein
Gefangener ist. Das geht übrigens auch in Mafiafilmen so. Aber warum
wissen die das immer so genau?

Ich bin zwar kein König und auch kein Kommandant, aber wenn ich mit jemanden rede, und der sagt nicht die Wahrheit, dann weiss ich nie, ob ich mein Gegenüber loben oder liquidieren soll. Und wenn mir jemand «geh nach Westen» sagt, irre ich völlig verloren und ziellos in der Gegend rum.

Vielleicht sollte ich Soldat werden. Das habe ich mir jedenfalls überlegt, als ich vor dem Bildungs- und Kulturdepartement auf gut Glück nach links abgebogen bin – und mich natürlich prompt für die falsche Richtung entschieden habe. Aber so gross ist das Haus nun auch wieder nicht, darum habe ich den Eingang Ost schliesslich doch noch gefunden und die bereitliegenden Unterlagen abgeholt.

In diesen Unterlagen waren übrigens schöne Kunstwerke abgebildet von Künstlern, die dafür gerühmt wurden, dass sie ihr Leben lang gegen den Strom schwimmen. In welche Richtung das ist, weiss sogar ich.

— **Dezember 2013** —

Wie hat schon der gute alte Hesse gesagt: Wer zur Quelle will, muss gegen den Strom schwimmen. Aber ich glaube, Hesse hat das auch jemandem abgeschrieben.

Von der Geschlechterfrage in Kleinschwärmen

Wie Sie inzwischen vielleicht wissen, bin ich gut zu Vögeln und stolzer Halter von vier Wellensittichen. Beziehungsweise war. Denn leider muss ich Ihnen eine überaus traurige Nachricht überbringen: Der Blaue ist vor zwei Monaten gestorben. Hat einfach den Deckel zugemacht. Hat mit seinen drei Freunden eben noch fröhlich vor sich hingeträllert, wurde plötzlich schweigsam, und zwei Tage später war der dahin. Keine Ahnung warum. Eine Art plötzlicher Vogeltod. Seine Wellensittich-Gspänli, der Grüne, der Blau-Blaue und der Gelbe, waren irritiert, wahrscheinlich waren sie genauso traurig wie ich.

Nach einer angemessenen Trauerzeit machte ich mir Sorgen. Wegen dem Tierschutzgesetz. Denn dort steht geschrieben, dass man Wellensittiche entweder nur gemischtgeschlechtlich paarweise oder nur von demselben Geschlecht halten darf, und das war nun nicht mehr gegeben: Jetzt hatte ich zwei Männchen und ein Weibchen und verstiess somit gegen das Gesetz. Ich befürchtete schon, dass die Vogelwarte Sempach eine Hausdurchsuchung anordnet, falls die NSA das denen verrät.

Aber dann geschah etwas Eigenartiges. Beziehungsweise: Dann geschah gar nichts. Beziehungsweise: Was die Tierschutzgesetz-Erfinder behaupten, ist überhaupt nicht eingetreten. Die Tierschützer sagen nämlich, dass es bei Wellensittichen zu heftigen Unruhen und Streitereien kommt, wenn in einem Schwarm nicht gleich viele Männchen und Weibchen Mitglied sind. Aber meine Wellensittiche blieben auch zu dritt extrem friedlich. Der Grüne ist nach wie vor der unbestrittene Chef, alle drei zwitschern weiterhin wild durcheinander und jeder schnäbelt mit jedem, und das Weibchen sitzt meistens nur da und schaut komisch.

Das ist natürlich schön. Ausser dass die Vögel zu dritt immer noch jede Fernsehsendung begeistert kommentieren und damit mein sowieso schon angeschlagenes Gehör strapazieren, was vor allem bei Politsendungen stört, weil es da auch so schon schwierig genug ist, den Argumentationen einzelner Politiker zu folgen.

Aber ich schweife ab. Also: Das ist schön, aber das gibt mir zu denken. Können Vögel auch in einem unausgewogenen Geschlechterverhältnis zueinander nett sein? Spielt die Geschlechterfrage bei Wellensittichen gar keine Rolle? Und sind die Tierschützer bei der Definition des Tierschutzgesetzes irrtümlicherweise von sich selber ausgegangen? Weil nämlich bei uns Menschen Dreierkisten nie funktionieren. Das gibt immer Lämpe und Glärm und Tränen und Trennungen. Weiss der Kuckuck warum.

Vielleicht sollten die Tierschützer mal in die umgekehrte Richtung forschen. Dann würden sie herausfinden, warum meine Wellensittiche zu dritt glücklich sind, und könnten daraus Empfehlungen erarbeiten, wie Menschen in ungleichgeschlechtlichen Kleinschwärmen besser miteinander auskommen.

— **Januar 2014** —

Ornithologen sind der Ansicht, dass für viele Zugvögel die Ortstreue wichtiger ist als die Treue zum Partner. Sie paaren sich also nur deshalb ihr Leben lang mit demselben Partner, weil sie jeden Frühling an dasselbe Nest zurückkehren. Interessant.

Rüebli gegen Rollschinkli: 1:1

Jetzt haben wir den Salat: Fleischesser leben gesünder als Vegetarier. Das haben jedenfalls Forscher der Universität von Graz heraus-gefunden. Und das erstaunt. Weil uns doch die letzten Jahre einge-bläut wurde, dass Fleischfresser vor lauter Gesundheitsproblemen jung sterben müssen und überdies für ewig in der Hölle braten werden, weil sie ja auch noch für den Tod der armen Tierli verantwortlich sind. Und überhaupt für die Treibhausgase und somit das baldige Ende der Welt. Und jetzt diese Studie: Vegetarier leiden im Vergleich zu den Fleischessern je rund doppelt so oft an Krebs, Allergien, Angstzuständen und Depressionen. Da packt mich sofort der Drang nach einer prophy-laktischen Bratwurst.

Natürlich sehen die Grünzeug-Esser jetzt rot: Der Diplom-Ökotrophologe Uwe Knop schimpft auf heilpraxisnet.de, Nahrungsstudien seien immer nur spekulativ, also auch diejenige von der Uni Graz (aber logischerweise auch seine eigenen). Der Vegetarierbund Deutschland kritisiert, die Grazer Studie sei wegen ihres Designs nur bedingt aussagekräftig. Bloss die Schweizerische Vereinigung für Vegetarismus hat noch keine Mei-nung zum Thema. Sie findet aber, man solle Babys nicht nur vegetarisch, sondern sogar vegan ernähren.

Wie immer in solchen Fällen bleiben also alle Betroffenen stur bei ihrer Meinung und beweisen den Gegnern mit Gegenstudien das Gegenteil des Gegenteils. Wir können uns also jegliche Diskurse sparen, solange niemand dem anderen zuhört.

Ich für meinen Teil experimentiere deshalb lieber im stillen Kämmerlein mit mir selber beziehungsweise mit Vegetarismus und Fleischesserei und überhaupt mit Genuss und Gesundheit: Jedes Jahr in der Fastenzeit verzichte ich auf verschiedene Dinge, um herauszufinden, was sie bewirken oder eben nicht. Dieses Jahr habe ich mich im Vergleich zu vergangenen Jahren für eine einfachere Übung entschieden und verzichte 40 Tage lang lediglich auf Fleisch und Zigaretten und Kaffee und Alkohol und scharfe Saucen.

Das ist zwar zugegeben manchmal anstrengend, aber in den letzten Jahren habe ich so sehr viel über mich herausgefunden. Zum Beispiel, dass ich mit Vergnügen rauche. Oder dass ich Biertrinken langweilig finde. Oder dass mein Körper besser auf Trab ist, wenn ich Fleisch esse. Und dass ich, wenn es ums Fleischessen geht, strikte nur noch Biofleisch esse. Weil ich will, dass die Tiere, die für mich ihr Leben lassen müssen, zu Lebzeiten anständig behandelt werden.

Seit neustem gibts übrigens für diese Art, Fleisch zu essen, eine eigene Bezeichnung: Flexitarier. Das dünkt mich eine gute Lösung im Streit zwischen den Schnitzelfreunden und den Rüeblifans. Aber das muss jeder für sich selber rausfinden. Ach ja, falls Sie auch rausfinden möchten, was Ihnen gut tut und was nicht: Die Fastenzeit hat eben erst begonnen...

— **März 2014** —
Notiz auf einem gelben Zettel für eine Kolumne:
«Brot und Wasser oder wie mir letzthin die Bratwurst platzte.»
Aber ich weiss beim besten Willen nicht mehr, was ich damit sagen wollte.

Achtung
Holzschlag

Wir haben den Riesen umgelegt! Es war Notwehr! Ein Präventiv-
schlag nach israelischem Vorbild. Diese fast 30 Meter hohe Buche
wäre sonst vielleicht irgendwann auf die Berghütte gefallen
und hätte mal eben kurz das Dach zertrümmert. Oder gar das ganze
Haus. Deshalb hat mein Freund Martin zwei verbündete Bauern zu Hilfe
geholt, und zu viert haben wir den Baum gefällt. Ist umgekippt wie eine
Fahnenstange.

Hat mir schon irgendwie leid getan, der Baum, man löscht ja nicht
gerne ein Leben aus. Aber Sicherheit geht vor, das mögen wir so, und deshalb muss man ja auch hin und wieder ein Opfer bringen. Beziehungsweise eben diese Buche fällen. Und überhaupt: Wer Wald will, muss Holz
brauchen.

Es war ein Prachtsbaum. Gross, gesund und stark. Und ich durfte den
Baum zerkleinern. Mit Motorsäge und Beil und einem Körtel, das ist so
ein Ding, das ich von meinem geländegängigen Schwiegervater gekriegt
habe, sieht aus wie ein riesiges Fleischerbeil. Vielleicht wissen Sie das
noch nicht, aber ich holze für mein Leben gern. Da bin ich draussen in der
Natur, wie man so schön sagt, und denke an die grossen Dinge im Leben,
während ich Kleinholz schlage.

Und wie ich also diese Buche entaste und zersäge, denke ich darüber
nach, wie sie als Baum im Leben zurechtgekommen ist. Wir Menschen
sehen Bäume ja immer nur die ganze Zeit reglos rumstehen, im Frühling
treiben sie Blätter, die sie im Herbst wieder abstossen, und Geräusche
machen sie nur, wenn ein Ast abbricht oder eine Frucht auf den Boden

fällt (nein, liebe Esoteriker, das Rauschen macht der Wind). Wir wissen also: Der Baum ist ein Lebewesen. Aber weil der so schrecklich statisch ist, vermittelt er uns den Eindruck eines ziemlich thumben Daseins.

Vielleicht bleibt ein Baum aber nur deshalb immer am gleichen Ort stehen, weil er den ganzen Tag damit beschäftigt ist, Entscheide zu fällen. Wenn zum Beispiel ein Ast abbricht, muss er entscheiden, in welche Richtung er einen neuen Ast wachsen lässt, damit er wieder ins Gleichgewicht kommt.

Mit gefällt sogar der Gedanke, dass ein Baum für jedes einzelne seiner Blätter Entscheide fällen muss: Wann treibt er es aus? Wie positioniert er es? Wie stark hält er es fest? Wann lässt er es wieder los? All das zu entscheiden, gibt bei Tausenden von Blättern ganz schön viel zu tun. Und während der Baum mehr als vollbeschäftigt ist, wirkt er von aussen wie ein starres Ding für Cheminéeholz.

Ich finde, man nimmt Bäume und überhaupt alle Lebewesen in der Natur ganz anders wahr, wenn man ihnen auch was zutraut.

So. Das war mein Fenster zum Ostersonntag. Ich wünsche Ihnen eine frohe Auferstehung.

— April 2014 —

Zugegeben, das ist einer der Vorteile, wenn man eine Kolumne schreibt: Zwischendurch kann man ein bisschen missionieren. Zum Beispiel an Ostern.

Ich, der Alleinherrscher

Wenn ich Ihnen diese Geschichte erzähle, vermuten Sie wahrscheinlich, dass ich die nur zu Ihrer Unterhaltung erfunden habe, aber hey: Die ist mir wirklich passiert! Also das ging so: Im Dorf, wo ich wohne, wollte ich grad eine lange Treppe hinuntergehen und gleichzeitig telefonieren (für Ortskundige: diejenige zwischen dem Jlge-Pub und der Schmiedgasse). Und weil es regnete, flutschte mir das Handy aus der Hand.

Natürlich griff ich sofort danach, doch statt es aufzufangen, stiess ich es bloss noch heftiger nach unten. Das Handy krachte also auf eine steinerne Treppenstufe, überschlug sich, kullerte in die breite Regenrinne neben der Treppe und sauste wie auf der Alpamare-Rutschbahn runter Richtung Dolenschacht. Jetzt half nur noch ein Stossgebet. Bitte mach, dass meine lieben Kontakte und der neue Spielhöchststand auf Angry Birds nicht verlorengehen!

Das Handy kullerte die Rinne runter, glitt souverän über den Schacht und kam mitten auf der Schmiedgasse zum Erliegen. Schwein gehabt. Dachte ich. Doch es war nur ein kurzer Augenblick des Glücks. Denn just in diesem Moment kam ein Auto angefahren und bremste fatalerweise nicht vor, sondern über meinem Handy. Ich raste die Treppe runter – und stellte mit grosser Erleichterung fest, dass das Auto mein Chischtli nicht zermalmt hatte. Mein iPhone war, abgesehen von einigen Kratzern und furchtbar viel Regenwasser, unversehrt. Danke, lieber Gott der mobilen Telefonie!

Sofort machte ich den Check, ob auch die diffizile Elektronik schadlos geblieben war, und wählte die Nummer meiner Liebsten, die das ganze

Malheur live miterlebt hatte und nun bekümmert neben mir stand. Ergebnis: Sie konnte mich glasklar hören. Aber ich sie nicht. Mein Handy funktionierte nur noch in eine Sprechrichtung.

Was für ein Segen! Jetzt konnte ich endlich ungehindert sprechen, ohne unterbrochen zu werden. Freudig wählte ich deshalb die Nummer meines Lieblingsfeindes und sagte ihm klipp und klar alles, was endlich mal gesagt werden musste – ohne Gegenrede. Dann telefonierte ich meinem Lieblingsfreund und führte ungehindert den Disput vom Vortag zu Ende, bei dem er mich nie hat ausreden lassen – ohne dass er seine Gegenargumente vorbringen konnte.

Ich freute mich schon auf ein Leben am Telefon, in dem ich der Einzige bin, der reden darf und alle anderen stumm bleiben. Jetzt war ich der unwidersprochene Alleinherrscher des mündlich artikulierten Wortes.

Doch o weh! Am nächsten Morgen, als das Handy zwar immer noch zerkratzt, aber wieder trocken war, funktionierte es wieder einwandfrei. Mein Lieblingsfeind rief an und schimpfte mir alle Schande ins Ohr, und mein Lieblingsfreund brachte noch den einen und anderen Nachtrag zum Disput zur Geltung. Schade. Jetzt musste ich wieder zuhören. Wäre ja auch zu schön gewesen.

— Mai 2014 —

Leserinreaktion: «Wenn Sie wegen Ihren sehr intelligenten Ausführungen ‹missgefällige› Mails erhalten, verstehe ich das a) überhaupt nicht und b) wäre das ein Zeichen von kleingeistigen Lesern.»

Über die automatische Lärmbekämpfung

Heute müssen wir über ein heikles Thema reden. Es geht um Toilettendeckel. Ich weiss, das ist Ihnen vielleicht unangenehm, aber es muss sein. Also: Bei uns zu Hause pflegen wir unsere Geschäfte auf einem Wasserclosett der Firma Laufen zu verrichten, Modell Vienna, Farbe Weiss. Das funktioniert zwar seit Jahren problemlos, aber die Krux an der Sache ist, dass ausschliesslich WC-Deckel des Modells Laufen Vienna, Farbe Weiss, auf die Schüssel passen. Ich kann also nicht mal eben kurz in den Coop Bau & Hobby gehen und mir zur Abwechslung einen neuen Deckel kaufen, zum Beispiel mit motivierendem Bergbachmotiv drauf oder mit eingeschweissten Teddybären drin. Und das ist das Problem: Die Teddybären kosten 25 Franken. Mein Modell Vienna aber kostet 280 Franken. Netto.

Dass ich gezwungen werde, sagenhafte 255 Franken mehr für einen ganz banalen Toilettendeckel auszugeben, deckt sich mit meiner Konsumenten-Reinleg-Theorie, ich nenne es die Nachttischli-Verschwörung: Das Bett kriegt man zum Superaktionspreis quasi gratis, aber beim Nachttischli wirds dann mächtig teuer. In meinem Fall könnte man also durchaus von einem Deckel-Verseckel sprechen.

Und jetzt kommt der heitere Teil: Ich rufe also den Sanitär meines Vertrauens an und bestelle diesen unseligen Deckel, er würde ihn für einen Zehner extra auch grad montieren. Fünf Minuten später ruft der Sanitär mich an und sagt: «Willst du den Deckel mit Absenkautomatik?» Da muss ich natürlich gredi use losbrüllen vor Lachen: Absenkautomatik! Er hat tatsächlich Absenkautomatik gesagt! Das ist ein Deckel, den man nur leicht anzutippen braucht, und dann schliesst er sich selber, ganz langsam und leise. Kostet übrigens 90 Stutz extra.

Der Spezialist für Wasser-Zu-und-Abfuhr findet meinen Lachanfall mässig lustig. «Absenkautomatik ist in Eigentumswohnungen sehr beliebt», klärt er mich auf, «weil die keinen Lärm macht.» Keinen Lärm? Herrje! Die armen Eigentumswohnungsbesitzer! Müssen sogar beim WC-Deckel-Zumachen darauf achten, ihre Nachbarn nicht mit Geräuschen zu belästigen. Damit Ruhe herrscht im Mehrfamilienhaus.

Da wünscht man ihnen doch glatt eine Absenkautomatik für Eigentumswohnungs-Kinder. Wenn es schreit, gäbs einfach einen leichten Klaps auf den Hinterkopf, und das Kind würde still und leise zusammenklappen, das Emissions-Problem wäre gelöst. Wäre nebenbei auch praktisch für gestresste Eltern.

Es geht aber noch weiter: Gerüchteweise habe ich gehört, dass im normalen Handel auch WC-Deckel mit Beleuchtung im Angebot sind. Das nenne ich echten Luxus! Absenkautomatik mit Beleuchtung.

So. Schön, haben wir darüber geredet. War ja gar nicht so schlimm.

— Juli 2014 —

Letzthin die Weiterentwicklung entdeckt: Treteimer mit Absenkautomatik.

Von der Wiedergabe-Funktion

Als Freund der Kultur besuche ich immer wieder gerne wertvolle Veranstaltungen und schrecke auch vor einem Variété-Theater nicht zurück. In einem solchen verbrachte ich nämlich vor kurzem einen Abend, es gab Nachtessen mit viel Klamauk und noch mehr Akrobatik, die Künstler und das Publikum waren bester Laune. Ausser meine Tischnachbarin. Bei der weiss ich nicht, was die hatte. Weil sie bei jeder Darbietung mit dem Handy wie wild Fötteli schoss, die sie dann während des Essens auf Facebook postete. Dazu beherrschte sie vollendet die wertlose Kunst des sinnfreien Plapperns: «Hei, lueg emal!», «Hei, das chönnt ich ned!», «Hei, die singt de schön!», «Hei, hesch gseh!» Und so weiter. Und so fort. So ging das den ganzen Abend.

Im Zehn-Sekunden-Takt fielen die Bemerkungen formlos aus dem Mund meiner Tischnachbarin, sogar während sie ihre Handybilder facebookte. «De Schonglör muesi grad schicke.»

All die Sätze waren natürlich nicht an mich gerichtet, wir sprachen den ganzen Abend nicht ein Wort zueinander. Die Dame richtete ihre Ausrufe höchstens an die Freundin, mit der sie gekommen war. Aber die gab kaum je ein Echo, sondern ergänzte die sinnlosen Bemerkungen bloss mit weiteren sinnlosen Bemerkungen.

Nun versuche ich ja jeden Tag aufs Neue, ein guter Mensch zu sein. Ich übe mich in Bescheidenheit, in Duldsamkeit und Nächstenliebe. Ehrlich. Aber das war eine harte Probe! Ich spürte schon wieder dieses Jucken in den Fingern und das Schwinden meiner Beisshemmung. Mittlerweile kenne ich diesen Impuls recht gut, denn solche Sachen passieren mir in letzter Zeit immer häufiger und machen mich ziemlich ratlos.

Im Variété-Theater wurde mir dann aber wie eine Offenbarung klar, warum solche Szenen immer mehr werden: Es liegt an der krebsartigen Ausbreitung von Facebook. Meine Tischnachbarin leidet an einem Facebook-Gehirn! Denn sie tickt einzig und allein im Herzeige-Modus: Man sieht etwas – und postet es. Meine Tischnachbarin sieht etwas – und plappert es raus. Es ist diese «Ich zeige mich der Welt»-Mentalität, die die ganze Persönlichkeit meiner Tischnachbarin einzig auf Wiedergabe-Funktion reduziert. Kein Gespräch, kein Austausch, keine Vertiefung. Von einem Gedanken ganz zu schweigen. Bloss posten und plappern.

Nun bin ich zwar um eine wichtige Erkenntnis reicher. Aber was fange ich damit an? Vielleicht hätte ich einfach «No Like» sagen müssen, und es wäre Ruhe eingekehrt. Aber leider gibts diesen Button nicht.

Meine Tischnachbarin hat dann übrigens vor lauter Umehüendere ihr Handy liegen lassen, als die Show zu Ende war. Hat mich ehrlich gesagt nicht überrascht. Mit grosser Willenskraft widerstand ich der Verlockung, das Handy zu ergreifen und eines ihrer Selfies zu posten mit dem Eintrag «Hei, bin ich Facebook!» Aber sie hätte den Scherz sowieso nicht getscheggt.

— **August 2014** —

Noch grösser war die Versuchung, ihr Handy einfach irgendwo ins Gebüsch zu werfen. Oder unter ein Lastwagenrad zu legen. Ich konnte dann aber widerstehen. Macht mich das zu einem guten Menschen?

Impressum

November 2019

Herausgeber: Christian Hug, Stans
Autor: Christian Hug, Stans
Lektorat: Anita Lehmeier, Stans
Gestaltung: Jacqueline Rohrer, syn gmbh, Stans
Korrektorat: Agatha Flury, Stans

© 2019 Hug, Christian
Herstellung und Verlag:
BoD – Books on Demand, Norderstedt
ISBN: 9783749497621